EINE VERSANDBRAUT FÜR DEN PFARRER

Versandbräute für Sweet, Texas, Buch Zwei

ELIZABETH CHASEN

Eine Versandbraut Für Den Pfarrer

Versandbräute für Sweet, Texas, Buch Zwei

Versandbräute für Sweet, Texas erzählt historisch inspirierte romantische Geschichten, die Ihr Herz erwärmen werden.

Freuen Sie sich darauf, den größten Kuppler des Westens kennenzulernen.

Die Versandbraut Gabby Anson ist nicht die, die sie zu sein scheint. Sie wird in der Postkutsche angeschossen und ihres Hab und Gutes beraubt und muss dann zu allem Überfluss auch noch feststellen, dass ihr vermeintlicher Bräutigam sie gar nicht erwartet. So hatte sie sich das Leben in Texas nicht vorgestellt.

Sie und der überraschte Pfarrer Jarred Andrews fragen sich, wer nach ihr geschickt hat und wie sie jetzt weiter vorgehen sollen.

Jarred hat die Suche nach einer Frau in die Hände Gottes gelegt und vertraut darauf, dass dieser ihm zu gegebener Zeit die richtige schicken wird. Doch was soll er in der Zwischenzeit mit Gabby machen?

Seltsames ereignet sich in der kleinen Stadt Sweet, als nach und nach Versandbräute dort eintreffen und jeder sich zu fragen beginnt, wer das Ganze in die Wege geleitet hat. Doch am Meisten wundern sich die Bräute und deren Ehemänner in spe.

Die ganze Situation zu beobachten ist ein riesiger Spaß.

Besonders für Big John Wiggins, einen Riesen von einem Mann und Witwer, der selbst die Freuden einer glücklichen Ehe genossen hat. Er ist zu dem Schluss gekommen, dass die Männer seiner Stadt dringend Ehefrauen und Glück gebrauchen können. Auch wenn das bedeutet, dass er sich persönlich darum kümmern muss, dass die Frauen nach Sweet kommen.

KAPITEL EINS

Mrs. Ambrosia Mulberry eilte in Richtung Kirche; sie war bereits spät dran für das wöchentliche Treffen ihrer Handarbeitsgruppe. Hastig bog sie um die Ecke, nur um geradewegs mit Pfarrer Andrews zusammenzustoßen! Es war ihrer fülligen Figur zu verdanken, dass sie von dem armen jungen Mann abprallte. Gleichzeitig gelang es ihr, die Schachtel mit Kirschscones zu schützen, die sie bei sich trug.

„Ach du meine Güte", sagte sie und versuchte, wieder zu Atem zu kommen. Sie wusste Süßes zu schätzen; ihre rundliche Figur stellte dies eindrucksvoll unter Beweis. Nun hatten sie ihre Kurven vor größerem Schaden bewahrt.

Pastor Andrews ergriff mit einer Hand ihren Arm. „Mrs. Mulberry, bitte verzeihen Sie mir, ich habe nicht darauf geachtet, wohin ich gehe. Geht es Ihnen gut?“

Sie kicherte und winkte ab. „Aber ja, ja doch. Es geht mir gut. Zum Glück haben die Naschereien, die ich für Sie mitgebracht habe, bei unserem Zusammenprall keinen Schaden genommen.“ Sie reichte ihm die Schachtel. Sie war mit den köstlichen Kirschscones gefüllt, die er so liebte. Unverzüglich wurde sie mit diesem erstaunlich schönen Lächeln belohnt. Sein Lächeln war wirklich wunderschön – anders konnte man es einfach nicht in Worte fassen. Gutaussehend wurde ihm als Beschreibung nicht annähernd gerecht. Und was dieses Lächeln mit seinen Augen anstellte! Sie zogen sich an den Rändern so hübsch zusammen, dass ihr altes Herz bei seinem Anblick vor Freude aufging.

„Mrs. Mulberry, ich habe die Befürchtung, dass Sie aus mir einen rundlichen Pfarrer machen wollen.

Ich habe Ihren Plan durchschaut, sehe mich aber außerstande, den Versuchungen Ihrer Backkünste zu widerstehen."

Sie kicherte, als er direkt an Ort und Stelle einen Scone aus der Schachtel nahm und ihn sich in den Mund schob. Er seufzte. „Die reine Wonne."

Zufrieden nahm Ambrosia das Lob des Pfarrers zur Kenntnis. Auch ihr Mann hatte ihre Leckereien geliebt und sie sah es immer gern, wenn andere genossen, was sie gebacken hatte. Der junge Pfarrer wusste stets zu schätzen, was sie ihm mitbrachte, aber sie war der Meinung, dass er besser dran wäre, wenn er sich endlich eine Frau suchen würde, die an ihrer Stelle für ihn backen würde. Aber nichtsdestotrotz fand sie Freude daran, ihm seine wöchentliche Ladung Leckereien zu backen. Das war das Mindeste, was sie für einen Mann Gottes tun konnte – sie betrachtete es als direkten Dienst an der Kirche.

Trotzdem konnte sie nicht anders, als ihn noch einmal auf das Offensichtliche hinzuweisen. „Sie brauchen eine Frau, Pfarrer Andrews. Jemanden, der für Sie bäckt und kocht. Und der Ihnen auch sonst zur

Seite steht.“

Das war nur zu wahr und häufig Hauptgesprächsthema der Handarbeitsgruppe. Dieser Mann gab und gab und beklagte sich nie, während er nicht nur mit Worten, sondern auch mit Taten die Größe Gottes bezeugte. Wenn jemand erkrankte, kam es vor, dass er denjenigen besuchte und seine Kühe melkte oder das Holz hackte. Was immer getan werden musste. Er half, wenn jemand seine Hilfe benötigte und kehrte dann abends in sein dunkles und einsames Haus zurück, wo sicher nur ein kaltes Abendessen auf ihn wartete.

Aus diesem Grund hatten die Damen der Handarbeitsgruppe sogar schon in Erwägung gezogen, nach einer Versandbraut zu schicken. Insbesondere die aufregenden Entwicklungen der letzten Wochen, als eine junge Versandbraut in der Stadt aufgetaucht war, um den Sheriff zu heiraten, hatten sie in dieser Absicht bestärkt. Die Ereignisse waren für eine Weile *das* Gesprächsthema der Stadt gewesen und als dann noch bekannt geworden war, dass der Sheriff sie gar nicht bestellt hatte, war die Aufregung groß gewesen! Nach wie vor hatte niemand herausgefunden, wer die Frau für den Sheriff bestellt hatte. Und es glich einem Wunder, dass diese Geschichte so glücklich ausgegangen war.

Von den zurückliegenden Ereignissen inspiriert, hatten die Damen die Möglichkeit besprochen, nach einer Braut für den Pfarrer zu schicken, hatten aber letztendlich nicht den nötigen Mut dafür aufgebracht. Doch die Hoffnung war geblieben.

Noch immer waren die Einwohner von Sweet verunsichert, weil es unter ihnen jemanden gab, der tatsächlich nach Bräuten schickte. Jeder wollte wissen, wer der *geheimnisvolle Amor* war, wie er inzwischen genannt wurde.

Die Damen waren überzeugt davon, dass der geheimnisvolle Amor, der ja bereits einmal zugeschlagen hatte, dies ebenso gut noch einmal tun könnte. Oder zumindest hofften sie, dass er – oder sie – das tun würde.

Jede der Damen hatte abgestritten, der geheimnisvolle Kuppler zu sein, doch das hatte nichts genützt – jeder Bewohner der Stadt hatte zuerst an sie gedacht und sie verdächtigt. Tatsächlich waren in ähnlich gearteten Fällen häufig kirchliche Damenkränzchen oder allgemein ältere Frauen dafür verantwortlich, junge Bräute bestellt zu haben. Doch hier in Sweet hatte man das nicht getan, nein nein, sie nicht. Aber wenn sie es nicht gewesen waren, wer dann?

Der Kuppler war schlau. Das bewies die glückliche Ehe des Sheriffs und seiner Frau Lucy. Der ganze Aufruhr um ihre Ankunft hatte ein glückliches Ende gefunden. Ambrosia fragte sich, wer wohl als Nächstes an der Reihe war. Ihr Bauchgefühl sagte ihr, dass sich das Ganze widerholen würde.

Bald.

Plötzlich vernahm sie laute Geräusche hinter sich. Sie wirbelte herum und entdeckte die Postkutsche, die mit voller Geschwindigkeit in die Stadt gerast kam. Die Hufe der Pferde donnerten über den Boden, während der Kutscher seine Peitsche schwang und den Leuten zurief, dass sie aus dem Weg gehen sollten. Er verlangsamte die Geschwindigkeit der Kutsche erst, als sie sich dem Futtermittelgeschäft näherten, wo er normalerweise hielt. Er schrie immer noch, als die Kutsche endlich langsamer wurde.

„Wir brauchen einen Arzt!“, bellte der alte, grauhaarige Kutscher. „Die Postkutsche wurde ausgeraubt und ich habe einen Reisenden an Bord, der angeschossen wurde!“

Ambrosia schnappte nach Luft, während Pfarrer Andrews ihr eilig die Schachtel mit den Scones in die Hand drückte. „Nehmen Sie die bitte.“ Dann rannte er los, um seine Hilfe anzubieten.

Mrs. Mulberry hielt die Schachtel mit beiden Händen fest, als sie ihm hinterhereilte und betete, dass der Passagier der Postkutsche überleben mochte, wer auch immer er war.

Jarred Andrews sprach ein Gebet, als er über die zerfurchte Straße zur Postkutsche rannte. Es war klug vom Fahrer der Kutsche gewesen, erst vor Big John Wiggins Futtermittelgeschäft anzuhalten, denn die Praxis des Arztes befand sich in einer Seitenstraße gleich um die Ecke. Jarred erreichte die Kutsche genau in dem Moment, in dem der Kutscher die Tür öffnete.

„Sie ist eine zierliche Person“, knurrte er. „Aber knallhart. So etwas habe ich noch nicht erlebt. Wie sie diesem Banditen die Stirn geboten hat. Sie hat ihm gesagt, er könne ihre Tasche nicht haben und als er dann versucht hat, sie an sich zu nehmen, hat sie ihm eine Metallstange, die sie unter ihrem Rock verborgen hatte, über den Kopf gezogen. Daraufhin wurde er so wütend, dass er auf sie geschossen hat.“

„Er hat auf eine Frau geschossen?“ Das wollte Jarred nicht in den Kopf. Er betrat die Postkutsche und fand sie auf dem Boden liegend vor. Wahrscheinlich war sie von ihrem Sitz gefallen, als der Fahrer durch das unwegsame Gelände gejagt war, um sie hierher zu bringen. Alles war voller Blut.

Zum Glück stammte das Blut aus einer Verletzung an ihrer Schulter und nicht aus einem lebenswichtigeren Teil ihres schmalen Körpers. Sie war jung. Jung und offenbar ziemlich draufgängerisch, wenn sie dem Taugenichts mir nichts dir nichts eins mit der Metallstange übergezogen hatte. Verblüfft zog Jarred sein Hemd aus, um die Blutung zu stoppen. Er drückte es gegen die Wunde, woraufhin sie stöhnte, aber er ließ nicht nach. Im Krieg hatte er gelernt, dass man blutende Wunden nur mit Druck zum Versiegen brachte. Und trotzdem die Verletzung ihre Schulter betraf, verlor sie viel Blut.

„Wie kann ich helfen?“ Big John blickte über den Kopf des Kutschers zu ihnen herein. Der Mann war groß genug, um so ziemlich jedem über den Kopf zu schauen.

„Holen Sie den Arzt“, wies er an.

„Der Doc ist nicht da“, entgegnete Big John. „Aber ich kann Ihnen die Praxis aufschließen. Soll ich sie tragen?“

Der Arzt war nicht da. Diese Erkenntnis entsetzte ihn. „Nein, ich werde sie tragen. Öffnen Sie die Tür.“

Er zog sie in seine Arme und hob sie vom Boden der Postkutsche hoch. Sie schrie auf und ihre Augen flogen auf und blickten ihn an.

Jarreds Herz begann zu rasen, als er ihr in die Augen sah. Er musste an das erste Blau eines anbrechenden Morgens denken. Er schwankte. „Halten Sie durch“, sagte er zu ihr und lief so behutsam los, wie es ihm möglich war.

Sie stöhnte, schloss die Augen und verlor wieder das Bewusstsein.

Was vermutlich im Moment das Beste war.

„Bleiben Sie hier, bis der Sheriff eintrifft“, wies er den Kutscher an.

„Das werde ich. Geben Sie gut auf sie acht“, brummte der Fahrer. „So etwas habe ich noch nie erlebt.“

Jarred konnte die Bewunderung des Postkutschers nachvollziehen, wünschte aber, die junge Dame hätte getan, was der Räuber verlangt hatte. Es war gut möglich, dass sie sich nicht in diesem Zustand befinden würde, wenn sie sich nicht widersetzt hätte. „Ich werde mein Bestes geben. Big John, wo ist der Doc?“

„Bringt draußen bei den Murrys ein Kind auf die Welt“, sagte der große Mann. „Aber ich werde jemanden hinschicken, der ihm ausrichtet, dass er so schnell wie möglich zurückkommen soll. Kommen Sie, wir bringen sie ins Büro des Doktors und sehen, was wir tun können.“

Jarred folgte ihm, während sich seine Gedanken überschlugen. Er hatte schon mehr Schussverletzungen versorgt, als ihm lieb war und riss sich nicht darum, dies erneut zu tun. Während seiner Zeit beim Militär war er damit betraut worden und dort war er Zeuge von so viel Schmerz und Tod geworden, dass er dies am liebsten verdrängt hätte. Doch er musste ihr helfen.

Als er um die Ecke bog, hinter der die Praxis des Arztes lag, hatte Big John die Tür bereits geöffnet. Er trug die Frau hinein und ging mit ihr in den Armen zum Untersuchungstisch, wo er sie sanft ablegte.

Sie stöhnte und riss erneut die Augen auf. Sie murmelte etwas vor sich hin, dass er nicht verstehen konnte. Sie versuchte es noch einmal und er beugte sich näher zu ihr, um zu verstehen, was sie sagte.

Sie flüsterte: „Er hat sie nicht bekommen, oder?“

„Was bekommen?“ Jarred versuchte, sie festzuhalten, damit ihre Wunde nicht noch stärker zu bluten begann, doch sie wehrte sich gegen seinen Griff. „Bitte, Sie müssen aufhören, sich so zu wehren.“

„Nein. Hat er meine Handtasche bekommen?“, fragte sie keuchend, gab dann aber nach und legte sich schwer atmend zurück.

Er übte Druck auf ihre Wunde aus. „Ich weiß nicht, ob er sie mitgenommen hat. Ich war nicht dabei. Aber jetzt müssen wir zuerst dafür sorgen, dass Ihre Schulter aufhört zu bluten. Sie wurden angeschossen."

„Aber meine Handtasche." Sie stöhnte. Ihre schmerzverhangenen Augen hielten seinen Blick, bevor sie erneut ohnmächtig wurde.

Jarred konnte sich nicht bewegen, war für einen Moment wie eingefroren. Sie faszinierte ihn. *Nun hilf ihr schon.* Er schüttelte sich. Er musste die Blutung stoppen. „Holen Sie Mrs. Mulberry. Ich brauche sie hier." Er blickte zu Big John hinüber.

„Ich werde nach ihr suchen." Er verschwendete keine Zeit und eilte aus dem Raum.

Jarred hob sie leicht an und entdeckte zu seiner Erleichterung, dass die Kugel eine saubere Austrittswunde hinterlassen hatte. „Danke, Herr." Er warf einen Blick gen Himmel und war dankbar, dass er ihr keine Kugel aus der Schulter schneiden musste. Erinnerungen an den Krieg übermannten ihn, doch er zwang sich, sie beiseite zu schieben und sich stattdessen darauf zu konzentrieren, ihr das Leben zu retten.

Er hatte soeben den Stoff ihres Kleides an ihrer Schulter zerrissen, als Mrs. Mulberry den Raum betrat und keuchend zu ihm gelaufen kam.

„Da bin ich. Da bin ich. Was kann ich tun? Oh, das arme Mädchen. Das ist einfach schrecklich!"

„Ich brauche Ihre Hilfe. Können Sie etwas Wasser erhitzen? Außerdem ist es schon eine Weile her, seit ich dabei war, als der Doc jemanden behandelt hat. Sie müssen für mich nach dem Antiseptikum suchen. Zum Glück ist die Kugel sauber durchgegangen, sodass wir nur die Blutung stoppen müssen, bis der Doc zurückkommt. Hoffentlich geschieht das bald, ansonsten werde ich nähen müssen."

„Das können Sie?", keuchte Mrs. Mulberry.

Er hatte nie jemandem erzählt, dass er während des Krieges den Ärzten hatte helfen müssen, wenn diese überlastet gewesen waren. „Ich habe es im Krieg gelernt. Beten Sie, dass sie das Bewusstsein nicht wiedererlangt. Sollte sie aufwachen, dann beruhigen Sie sie. Wir müssen verhindern, dass die Wunde erneut zu bluten beginnt. Können Sie das tun?“

„Das kann ich. Wie Sie wissen, war mein geliebter Mann pflegebedürftig, bevor er starb. Das war nicht sehr angenehm. Mir schlägt so leicht nichts auf den Magen und ich kann tun, was immer getan werden muss.“

Ja, das stimmte. Ihr armer Mann hatte einen schrecklichen Unfall gehabt, sodass sein Bein hatte amputiert werden müssen, bevor er schließlich gestorben war. Das alles war furchtbar gewesen und die arme Mrs. Mulberry hatte sich um die Wunden kümmern müssen. Trotz all ihrer Bemühungen hatte sich Mr. Mulberrys Stumpf infiziert und er hatte starke Schmerzen erlitten, bevor er gestorben war.

Die arme Frau. Jarred hatte stets größten Respekt und tiefe Bewunderung für sie empfunden, weil sie ihr Vertrauen in Gott und ihr fröhliches Gemüt nicht verloren hatte. Die Tatsache, dass es ihr gelungen war, sich ihre Hoffnung und Hingabe an den Herrn zu bewahren, empfand er als Inspiration. Sie war zuweilen etwas aufdringlich, aber ein Segen für diese Stadt und wurde von ihm und vielen anderen bewundert. Dass sie Kirschscones backen konnte, die außerordentlich köstlich waren und mit denen sie ihn jede Woche versorgte, war in seinen Augen ein zusätzlicher Segen.

Besonders in schweren Zeiten. Es war erstaunlich, wie sehr er sich stets auf diese kleine Schachtel voller Gebäck freute.

Und wie an diesem Tag sagte sie jedes Mal, dass ihm eines Tages seine Ehefrau Kirschscones backen würde, denn sie würde ihr höchstpersönlich beibringen, wie das ging. „Sie müssen sich nur endlich eine Frau suchen", pflegte sie zu sagen.

An dieser Stelle lachte er stets und erwiderte, dass der Herr ihm schon die Frau schicken würde, die er für ihn vorgesehen hatte, wenn er die Zeit für gekommen hielt.

Doch er hatte sich zu fragen begonnen, ob der Herr mit seinem vollen Terminkalender womöglich vergessen haben mochte, dass er eine Frau brauchte. Sich mehr und mehr nach einer sehnte.

Er arbeitete zügig, während er in Gedanken bei

der Frau war, die ihm der Herr schließlich schicken würde. Er wusste genau, welche Eigenschaften eine gute Pfarrersfrau ausmachten. Es kam darauf an, geduldig und freundlich zu sein, gut organisiert, reif… vielleicht etwas älter als er.

Sie müsste… Sein Blick fiel auf die junge Frau, deren Wunde er gerade versorgte. Sie war wahrscheinlich in den Zwanzigern, ein paar Jahre jünger als er selbst und viel zu jung, zu unerfahren und zu draufgängerisch. Auf keinen Fall war sie die Art Frau, die er brauchte.

Wie kam er überhaupt auf diesen Gedanken? Er schob ihn beiseite und bat den Herrn um Beistand.

Wenig später hatte er die Blutung gestillt und ihre Schulter verbunden. Er hoffte, dass der Arzt bald eintreffen würde.

Mrs. Mulberry klopfte ihm auf die Schulter. „Sie haben gute Arbeit geleistet, Pfarrer. Diese junge Frau wird für immer in Ihrer Schuld stehen. Ich bin stolz auf Sie. Aber sollte sie nicht inzwischen das Bewusstsein wiedererlangt haben?“

„Das kann eine Weile dauern. Sie hat Einiges durchgemacht. Sie kommt sicher bald wieder zu sich."

Wie aufs Stichwort öffnete sie die Augen und starrte ihn an.

Sein Puls raste unkontrolliert wie ein buckelndes Pferd und sein Mund wurde trocken. *Großer Gott, sie war wunderschön.*

KAPITEL ZWEI

Gabby Anson tat alles weh. Als sie erwachte, starrte sie in die Augen eines Engels. Der Mann hatte ein langes Gesicht mit gerader Nase und sanfte, braune Augen, die sie voller Mitgefühl ansahen.

„Versuchen Sie, sich nicht zu bewegen“, drängte der Engel. „Ich weiß, dass Sie Schmerzen haben, aber ihre Wunde darf nicht wieder zu bluten beginnen. Sie sind ganz blass – Sie haben eine Menge Blut verloren.“

Ein Engel – nein, ein Mann, verbesserte sie sich in Gedanken, denn trotzdem ihr Verstand noch etwas benebelt war, war ihr klar, dass das da vor ihr ein

Mann sein musste. Sie dachte an den Räuber, der versucht hatte, ihre Handtasche zu stehlen. „Dieser scheußliche Schurke hat versucht, meine Handtasche zu stehlen.“ Sie war durcheinander und geschwächt, versuchte aber, sich zu konzentrieren. Der Mann drehte sich herum und sein Lächeln verblasste.

„Entspannen Sie sich. Sie wurden verletzt, aber Sie werden wieder ganz gesund. Alles wird wieder gut.“

Seine Stimme beruhigte sie. Sie nickte, bemerkte aber, dass er ihre Frage nicht beantwortet hatte. „Was ist mit meiner Handtasche?“, fragte sie erneut.

Eine ältere Dame lugte über die Schulter des Mannes und strahlte sie an. „Ich werde mal in der Kutsche nachsehen. Mach Sie sich keine Sorgen, meine Liebe. Ich bin gleich wieder da.“

Gabby entspannte sich und kämpfte gegen den Schmerz in ihrer Schulter an.

Die Frau tätschelte ihren Arm. „Halten Sie durch. Ich weiß, dass es schmerzt. Big John, kommen Sie rein und schauen Sie, ob Sie gebraucht werden, während ich weg bin“, sagte sie zu einem Mann, der draußen gewartet hatte.

Ein großer Mann kam herein. „Ich bin da, wenn Sie mich brauchen“, rief er Jarred zu.

„Danke, Big John.“

Gabby wusste, dass sie alle versuchten, ihr zu helfen, konnte aber nur daran denken, was der Räuber ihr womöglich gestohlen hatte. Alles, was sie benötigte, um hier von vorn zu beginnen, hatte sich in dieser Tasche befunden.

Sie hatte ihren Vater hintergangen und Geld aus seinem Versteck im Büro entwendet. Sie hatte es tun müssen… doch nun es war möglich, dass das Geld fort war.

Dieser Gedanke beunruhigte sie. Sie schnappte nach Luft und spürte, wie eine Träne ihre Wange hinabglitt. Es beschämte sie, dass sie das Geld genommen hatte, aber dem Wunsch ihrer Eltern zum Trotz hatte sie Alfred einfach nicht heiraten können. Und so war sie zur Diebin geworden – war nicht besser, als der Mann, der auf sie geschossen hatte.

Das war schrecklich, aber Alfred… allein die Vorstellung, den Rest ihres Lebens an seiner Seite verbringen zu müssen! Er war ein freundlicher Mann und entstammte einer netten Familie. Doch je mehr sie über die bevorstehende Hochzeit nachgedacht hatte, desto stärker hatte das Gefühl von ihr Besitz ergriffen, in der Klemme zu stecken. Als ihr Dienstmädchen ihr anvertraut hatte, dass sie mit einem Mann im Westen Briefe geschrieben hatte und seine Frau hatte werden wollen, sich nun aber nicht traute, ihren Plan in die Tat umzusetzen, da hatte Gabby die sich bietende Gelegenheit beim Schopf ergriffen und Lauras Platz eingenommen. Sie hatte sich an ihrer Stelle in St. Louis in den Zug gesetzt und später die Postkutsche bestiegen. Sie hatte einen Plan gehabt, aber wenn das Geld nun weg wäre… was sollte sie bloß tun? Wirklich eine Versandbraut werden? Panik ergriff sie und sie versuchte, sich aufzusetzen.

„Warten Sie, Sie müssen sich ausruhen. Sie haben viel Blut verloren und sind blass und schwach. Bitte entspannen Sie sich."

Sie ließ sich zurück auf den Tisch fallen. Er rieb sanft ihren Arm und versuchte, sie zu beruhigen. *Er war so nett. Und so gutaussehend...*

„Sie haben Schreckliches durchgemacht. Haben einem Gesetzlosen gegenübergestanden und sich selbst verteidigt, wie man mir berichtet hat“, sagte er in der Absicht, sie zu beruhigen. „Sie sind äußerst mutig.“

Gabby entspannte sich etwas. Ihre Schulter schien weniger zu schmerzen, während er ihren Arm rieb. „Ich hätte nicht erwartet, jemals einem Gesetzlosen gegenüberzustehen“, würgte sie heraus. Sie hatte nicht einmal in Erwägung gezogen, dass dies geschehen könnte. Sie war von dem Gedanken besessen gewesen, ihrem Elend zu entkommen. Einen Mann zu heiraten, den sie niemals würde lieben können.

Jetzt, wo sie womöglich plötzlich mittellos dastand, wäre sie hier in der Wildnis von Texas vielleicht gezwungen, genau das tun.

Der gutaussehende Arzt hatte keine Ahnung, was er von ihr verlangte, als er sie bat, sich zu beruhigen. Das war einfach unmöglich. Und doch drängte sie seine Berührung, genau das zu tun.

Plötzlich öffnete sich die Tür und ein großer Mann trat zusammen mit der Dame ein. Mit besorgtem Gesicht kam sie zu ihr herübergerauscht. „Es tut mir so leid“, sagte sie. „Ihre Handtasche war nicht in der Kutsche.“

Gabby stöhnte. „All mein Geld war darin.“

Der Arzt sah sie mitleidig an. „Das tut mir leid. Hoffentlich kann der Sheriff es wiederbekommen. Aber nun müssen Sie sich wieder hinlegen. Mrs. Mulberry, gibt es schon Nachrichten vom Doc? Wissen Sie, wann er zurückkommt?“

Gabby tat, worum sie gebeten worden war – aller Kampfgeist hatte sie verlassen. *Was sollte sie nun tun?*

Die ältere Frau – Mrs. Mulberry hatte er sie genannt – kam an ihre Seite und tätschelte ihren Arm. „Es tut mir so leid, mein liebes Kind. Wohin waren Sie denn unterwegs? Ich bin sicher, dass wir Ihnen die Fahrt bezahlen können, damit Sie Ihre Reise fortsetzen können.“

„Ist das hier Sweet, Texas?“

„Ja, da sind Sie“, sagte Mrs. Mulberry.

Der ältere Mann kam etwas näher und schaute Mrs. Mulberry über die Schulter, die Stirn gerunzelt. „Was führt Sie hierher? Weibliche Besucher verirren sich nur selten in unsere Stadt.“

Sie sah ihn an und spürte, wie sich ihr Herzschlag beschleunigte, als der Arzt ihr Handgelenk ergriff und nach ihrem Puls fühlte. Sie fragte sich, ob er bemerkte, wie sehr er raste. So wie er die Augenbrauen zusammenzog, tat er es. „Ich bin…“ Sie hielt inne. Konnte sie die Worte aussprechen? Doch welche Alternativen hatte sie schon? Das Geld war ihre Absicherung gewesen, doch in der jetzigen Situation blieben ihr nicht viele Möglichkeiten.

„Ich bin hiergekommen, um den Pfarrer zu heiraten. Jarred Andrews.“

Der Arzt sah sie erschrocken an. Er ließ ihr Handgelenk los und trat einen Schritt zurück.

Mrs. Mulberry keuchte auf und Big John beugte sich vor, um dem Arzt über die Schulter zu sehen. Bei ihren Worten hatten sich seine Augen geweitet und sie meinte, ein Lächeln gesehen zu haben, das er jedoch rasch verborgen hatte.

„Haben Sie Pfarrer Jarred Andrews gesagt?“, fragte der Arzt nach einer Weile.

„Ja, das habe ich. Pfarrer Jarred Andrews. Ich habe mit ihm geschrieben. Er erwartet mich.“ Sie versuchte, sich wegen der kleinen Lüge nicht allzu schuldig zu fühlen, denn schließlich war es ihre Freundin Laura gewesen, die die Briefe geschrieben hatte. „Sie werden ihn sicher kennen, Doktor."

„Nein, ich bin nicht der Arzt. Ich bin der Pfarrer und ich habe nach keiner Frau geschickt."

„Aber, aber… Sie haben mich gerettet. Ansonsten wäre ich verblutet." Ihr schwirrte erneut der Kopf. *Was hatte das alles zu bedeuten?*

„Er hat Sie gerettet, weil er wusste, was zu tun ist. Aber er ist der Pfarrer", sagte Mrs. Mulberry. Verwirrt nahm Gabby den offensichtlich erfreuten Gesichtsausdruck der Frau zur Kenntnis.

„Sie hat recht", stimmte Big John zu und lächelte nun ebenfalls. „Das ist Pfarrer Jarred Andrews. Der Doc ist unterwegs, um ein Kind auf die Welt zu bringen."

„Oh…", sagte sie, verwundert über die Verwirrung, die sich auf dem Gesicht ihres Retters abzeichnete. Er hatte gesagt, er hätte nach keiner Braut geschickt. „Aber… was bedeutet das alles? Mir geht es gar nicht gut."

„Ich weiß auch nicht so recht. Wie heißen Sie?“, fragte der Arzt, der eigentlich Pfarrer war.

Sie starrte ihn an und versuchte zu verstehen, was diese Entdeckung für sie bedeutete. „Mein Name ist Gab - ich meine, ich bin Laura Tyson.“ Die Lüge fühlte sich fürchterlich an. Erst hatte sie ihren Vater bestohlen und nun hatte sie einen Pfarrer belogen. Gott runzelte in Anbetracht dessen wahrscheinlich gerade die Stirn. Sie steckte in Schwierigkeiten und es war ein riesiger Fehler gewesen, hierher zu kommen.

KAPITEL DREI

Jarred war völlig verwirrt. Wer hatte das getan? Er musste an seinen Freund Trey Jones, den Sheriff denken. Vor nicht einmal einem Monat war eine Versandbraut für ihn eingetroffen und auch er hatte sie nicht bestellt. Die Situation war ähnlich gewesen, denn auch Trey hatte nichts davon gewusst.

Es sah so aus, als hätte der Kuppler erneut zugeschlagen, wer auch immer er war. Was für ein Schlamassel.

Erst vor ein paar Wochen hatten er und Trey über dieses Thema gesprochen. Der Sheriff hatte ihn eines

Abends angetroffen, als er gerade auf seiner Veranda gesessen hatte und ihn gefragt, warum er bisher nicht geheiratet hatte. Dafür gab es viele Gründe. Einer davon war, dass Gott ihm bisher noch keine Frau geschickt hatte. Er pflegte zu sagen, dass der Herr ihm schon zum richtigen Zeitpunkt die richtige Frau schicken würde. Aber durch einen Kuppler? *Wer konnte das bloß sein?*

Jarreds Gedanken überschlugen sich. Und währenddessen starrte ihn die schöne Laura Tyson, deren blasser Anblick ihn mit Sorge erfüllte, aus großen Augen an, so als könne sie nicht glauben, was er gesagt hatte. Dann verzog sie das Gesicht und griff nach ihrer Schulter. Wahrscheinlich hatte der Schmerz wieder von ihr Besitz ergriffen. Er berührte ihren Arm in der Absicht, sie zu trösten.

„Entspannen Sie sich“, drängte er. „Wir werden die Sache klären.“ Er wusste nicht genau wie, aber er wollte sie nicht noch mehr beunruhigen, als sie es ohnehin bereits war. Sie hatte Schreckliches durchgemacht und dass sie nun auch noch hatte herausfinden müssen, dass sie mit völlig falschen

Vorstellungen hierhergekommen war, war einfach furchtbar.

„Ja, das werden wir.“ Mrs. Mulberry bemühte sich darum, dass selbstzufriedene, wenn nicht sogar glückliche Lächeln, das sich auf ihr Gesicht gestohlen hatte, zu verbergen.

War sie die Schuldige, die Kupplerin?

Big John hatte die Arme verschränkt und stand ganz still da, die Lippe auf einer Seite leicht nach oben gezogen. In seinen Augen glomm ein Hauch Belustigung. *Wieso das?* Jarred konnte absolut nichts Komisches an der ganzen Situation entdecken. Jeder respektierte Big John. Ihm gehörte der Futtermittelladen und er war stets hilfsbereit und gab gute Ratschläge. *Sah er etwas Gutes an dieser Situation, etwas, das Jarred entgangen war?* Jarred würde seinen Rat brauchen.

Er war der Pfarrer dieser Stadt, er musste sich um die arme Frau kümmern. Er blickte Mrs. Mulberry an. „Könnten Sie wohl bei ihr bleiben? Ich muss ein paar Dinge regeln. Ich bin gleich wieder da.“

„Ich bleibe gern bei ihr. Tun Sie, was Sie tun

müssen. Wir kommen schon zurecht."

Er sah Laura an. „Wenn Sie mich entschuldigen würden, Mrs. Mulberry wird sich um Sie kümmern. Ich bin gleich zurück."

Er hatte das Gefühl, sein Verstand würde nicht richtig funktionieren und eilte zur Tür, wobei er hoffte, dass er nicht aussah, als würde er die Flucht ergreifen. Er brauchte lediglich einen Moment für sich. Er hielt inne, als er Big John erreichte. „Würden Sie wohl kurz mit mir kommen?"

„Aber sicher, Pfarrer." Der ältere Mann folgte ihm nach draußen in den Sonnenschein.

Jarred atmete tief durch und hoffte, die frische Luft würde ihm helfen, den Kopf freizubekommen. Die arme Frau dort drin war den ganzen Weg hierhergekommen, um ihn zu heiraten. *Wie konnte das sein?* Er fuhr sich mit einer Hand durchs Haar und bemerkte dann Big Johns wachsamen Blick. Da war definitiv ein Lächeln auf seinem Gesicht.

„Warum lächeln Sie? Ich weiß überhaupt nicht, was ich tun soll. Wer ist denn bloß auf die Idee gekommen, nach einer Versandbraut für mich zu schicken? Ich habe diese Briefe nicht geschrieben. Haben Sie einen Ratschlag für mich? Denn eins ist sicher, den kann ich gebrauchen."

Big John wurde etwas nüchterner und blickte ihn nachdenklich an. „Nun, Pfarrer, Sie scheinen mir ein einsamer Mann zu sein. Vielleicht könnten Sie sie ja tatsächlich heiraten. Schließlich ist sie deswegen hierhergekommen."

„Sie heiraten? Das ist der beste Rat, den Sie für mich haben? Ich kenne sie nicht einmal. Ich habe nicht nach ihr geschickt. Jemand in dieser Stadt hat mich in die gleiche Lage gebracht, in die er zuvor schon Trey gebracht hat. Und das ist äußerst ungerecht dieser armen Frau dort drinnen gegenüber."

„Nun, es sieht ja immerhin so aus, als wäre der Sheriff ziemlich glücklich. Der Mann ist zufrieden wie ein Schwein im Matsch."

Jarred zuckte zusammen. „Ich muss zugeben, dass er wirklich glücklich ist. Ich weiß nur nicht genau, ob ich sagen würde, dass er so glücklich ist wie ein Schwein im Matsch oder ob er überhaupt auf der Suche nach Glück war. Aber ja, er ist sehr glücklich und seine Braut ist es auch. Aber das beantwortet weder meine Frage noch hilft es mir, das Dilemma, in den ich mich befinde, zu lösen. Ich bin ein Mann des Glaubens. Was würde wohl meine Gemeinde denken, wenn ich eine völlig Fremde heiraten würde, nach der ich noch nicht einmal geschickt habe? Die irgendjemand in dieser Stadt für mich ausgesucht hat. Das rückt mich wirklich in ein merkwürdiges Licht."

„Nun, trotzdem bleibt die Tatsache, dass Sie ein einsamer Mann sind, der eine Frau brauchen könnte, die ihm hilft, den Dienst an der Gemeinde zu verrichten. Sie geben viel, Sie arbeiten viel und dann gehen Sie nach Hause und verbringen Ihre Abende allein. Vielleicht hat dieser jemand, wer immer es auch sein mag, gedacht, dass es an der Zeit wäre, dass sich das ändert. Vielleicht hat er genau wie bei Trey versucht, jemanden zu finden, der zu Ihnen passt."

Jarred dachte darüber nach. „Meine Anforderungen an eine Ehefrau und Partnerin sind vielfältig und kompliziert. Ich brauche jemanden, der den damit verbundenen Aufgaben gewachsen ist. Jemand reifes. Jemand, der mit den Problemen einer

Gemeinde umgehen kann. Die Liste geht noch weiter und wir wissen beide, dass die Frau in dem Raum dort viel zu schön, viel zu jung und womöglich auch viel zu leichtgläubig für diese Position ist, wenn man bedenkt, dass sie den ganzen Weg hierhergekommen ist. Nein, sie ist nicht als meine Frau geeignet."

Big John runzelte die Stirn. „Ich verstehe nicht ganz, warum sie nicht infrage kommt, weil sie schön ist. Oder jung. So alt sind Sie nun auch wieder nicht, Pfarrer. Und das sie den ganzen Weg hierher auf sich genommen hat, zeigt mir, dass sie den Mut hat, sich unsicheren Situationen zu stellen. Sie unterstellen ihr da eine ganze Menge."

Jarred versteifte sich. „Ich werde dieses Jahr dreißig. Meiner Meinung nach sollte die Frau, die ich heiraten werde, mindestens achtundzwanzig Jahre alt sein. Sie ist sicher kaum zwanzig."

„Warten Sie einen Moment, Pfarrer. Ich habe Sie des Öfteren sagen hören, dass sie die Frau heiraten werden, die der Herr Ihnen schickt."

„Nur hat mir diese nicht der Herr geschickt. Jemand anderes – ich weiß nicht einmal, wer – hat das getan.“

„Nun, der Herr wirkt manchmal auf geheimnisvolle Weise. Könnte er nicht jemanden für seine Arbeit genutzt haben?“

Jarred sah ihn skeptisch an. „Ich denke, wenn der Herr mir jemanden schicken wollte, dann bräuchte er dafür keinen geheimnisvollen Kuppler. Oder eine neugierige Person, die glaubt, zu wissen, was am besten für jeden ist.“

Neugierde überwältigte ihn. *Konnten es die Damen aus der kirchlichen Handarbeitsgruppe gewesen sein? Vielleicht hatte Mrs. Mulberry ihre Finger im Spiel.* Sie sagte ihm immerzu, dass er eine Frau brauchte. Hatte sogar ebendas zu ihm gesagt, kurz bevor heute die Postkutsche in die Stadt gerollt war. War sie es leid, auf eine Fügung des Herrn zu warten und hatte die Sache stattdessen selbst in die Hand genommen? „Nun, ich werde sie nicht heiraten. Und dann sagt sie auch noch, dass sie ausgeraubt wurde und kein Geld hat.“ Er runzelte die Stirn. „Sie hat kein Geld. Was wird sie wohl tun? Wird sie nach Hause zurückkehren? Ich weiß nicht mal, wo sie herkommt.“

Nun sah Big John besorgt aus. „Das ist tatsächlich ein Problem. Es sind schwere Zeiten. Soviel ich gehört habe, sind die meisten dieser Versandbräute arm wie die Kirchenmäuse, daher überrascht es mich, dass sie überhaupt Geld hatte. Vielleicht müssen Sie ihr aus der Klemme helfen, Pfarrer. Ich meine, Sie sind ja schließlich der Pfarrer.“

Jarred schloss kurz die Augen. Er *war* der Pfarrer. Nur weil es hier auch um ihn selbst ging, hieß das nicht, dass er jemanden, der sich in Not befand, einfach ignorieren konnte. Er musste ihr helfen, eine Unterkunft zu finden. Und dann musste er ihr dabei behilflich sein, entweder Arbeit zu finden oder nach Hause zurückzukehren.

Er sah die Kutsche des Arztes um die Ecke biegen. Erleichterung durchflutete ihn. Zumindest war der Doc nun hier. Endlich geschah etwas Positives. Er sah Big John an. „Sie haben recht. Ich werde ihr helfen, eine Unterkunft zu finden, vielleicht bei Miss Claira.“

„Das wäre natürlich eine Idee oder aber vielleicht

hat auch Mrs. Mulberry ein Zimmer für sie frei. Sie hat bereits angemerkt, dass sie sie aufnehmen könnte, ohne ihr etwas zu berechnen. Mir ist bewusst, dass Sie als Pfarrer über kein allzu großes Budget verfügen.“

„Das ist wahr“, sagte Jarred. Das war ein weiterer Grund, warum er nicht verheiratet war. Ein Pfarrer war kein reicher Mann. Nicht einmal das Haus, in dem er lebte, gehörte ihm selbst. Es gehörte der Kirche und war Teil seiner Anstellung als Pfarrer.

„Ich werde mit Mrs. Mulberry sprechen. Vielen Dank. Das ist ein sehr guter Vorschlag und ich denke, dass sie sich gern um sie kümmern wird.“

Er hoffte, dass sie das tun würde. Denn jemand würde sich um die Wunde kümmern müssen, wenn Laura die Arztpraxis verließ. Und Mrs. Mulberry war gut darin. Sie war die perfekte Wahl. Nachdem sie mit dem Arzt gesprochen hatten, betraten sie das Gebäude und er sprach ein Gebet, dass der Herr ihm den Weg zeigen und sich alles fügen würde. Außerdem betete er darum, dass das arme Mädchen, das in der Hoffnung zu heiraten den ganzen Weg hierhergekommen war, nun nicht allzu enttäuscht sein würde, wenn sie erfuhr, dass er sie nicht heiraten würde.

Ambrosia entschied, dass sie diese ganze Sache mochte, ganz gleich, wer es eingefädelt hatte. Unermüdlich hatte sie darum gebetet, dass der Herr doch eine Frau für Pfarrer Andrews schicken möge. Und nun war da diese reizende junge Frau, die einfach hervorragend zu ihm passte, wie sie meinte. Sie hatte in seinem Gesicht gesehen, dass er das – noch nicht – so sah. Natürlich stand er unter Schock. Sie erinnerte sich daran, wie verblüfft der Sheriff gewesen war, als eine andere junge Dame aus der Postkutsche gestiegen war, die hierhergekommen war, um dessen Frau zu werden. Und das alles, weil dieser rätselhafte Briefeschreiber mit ihnen kommuniziert hatte und zunächst vorgegeben hatte, der Sheriff zu sein – und nun der Pfarrer. Natürlich war das Ganze einfach schrecklich. Sogar hinterlistig. Aber der Herr schien es gutzuheißen, daher tat sie es auch.

Sie sah die junge Frau an und sagte: „Also sind

Sie den ganzen Weg hierhergereist, um zu heiraten. Sie sind eine mutige junge Frau. Sie sollten unbedingt Lucy Jones, die Frau des Sheriffs kennenlernen. Es wird Sie interessieren zu hören, dass auch sie als Versandbraut hierherkam. Ich war überrascht. Und obwohl der Anfang etwas holprig war, geht es den beiden inzwischen wunderbar. Das Alles ist furchtbar aufregend. Natürlich hätte ich Ihnen nicht gewünscht, dass Sie verletzt werden oder Zeuge solch schrecklicher Ereignisse werden. Wahrscheinlich werden Sie nicht sofort heiraten."

„Er hat gesagt, dass er nicht nach mir geschickt hat. Ich weiß nicht, was ich tun soll."

„Nun, nun – die ganze Sache wird sich finden, keine Angst. Der Pfarrer wird das Richtige tun. Und er braucht eine Frau."

Laura wurde blass. „Aber er hat gar keine haben wollen."

Als Pfarrer hatte er es nicht leicht, eine Frau zu finden. Da waren all die Besucher aus anderen Gemeinden, die Predigten, die vorbereitet werden mussten, die Besuche bei den Armen und Kranken…

da blieb keine Zeit für die Suche nach einer Braut. Außerdem gab es in Sweet kaum Frauen. Hier gab es vor allem die älteren Witwen aus der Handarbeitsgruppe.

Nein, das war die perfekte Lösung. Ambrosia entschied in diesem Moment, dass sie die Sache vielleicht nicht ins Rollen gebracht haben mochte, sie sich aber voller Elan für das einsetzen würde, was der barmherzige Samariter dieser Stadt begonnen hatte. Sie würde so gut es ging helfen, die Flammen zu entfachen… sofern es denn welche gab.

Und das hoffte sie.

Sie strahlte. „Da Sie verletzt sind, schlage ich vor, dass Sie bei mir wohnen. Ich lebe hier in der Stadt. Ich habe meinen armen Mann vor Jahren verloren und bevor er starb, ist es ihm schrecklich ergangen. Er hatte Wunden, die gepflegt werden mussten, daher kann ich das sehr gut. Wenn der Arzt eintrifft, wird er sich dafür verbürgen. Sie wären in guten Händen. Es wären nur Sie und ich in dem großen Haus und ich würde mich sehr über Ihre Gesellschaft freuen, solange Sie sich erholen und bevor Sie heiraten. Das verschafft Ihnen und dem Pfarrer etwas mehr Zeit, einander kennenzulernen. Was sagen Sie dazu?"

Während sie auf eine Antwort wartete, sprach sie ein Gebet, dass die junge Frau einverstanden wäre.

Gabby starrte die kleine Frau an. Wenn ihre Schulter nicht so schmerzen würde, dann hätte sie sie umarmt. Sie stand nicht plötzlich auf der Straße und bekäme die Gelegenheit, über eine Lösung nachzudenken. Sie war unsagbar froh, dass Laura nicht hierhergekommen war, nur um dann herausfinden zu müssen, dass sie getäuscht worden war. Mrs. Mulberry bot ihr die Chance, genesen zu können und in Ruhe ihre Gedanken ordnen zu können.

„Vielen lieben Dank, Mrs. Mulberry, für Ihr freundliches Angebot. Ich bin so dankbar. Ich weiß gar nicht, was ich ohne Sie tun würde."

„Das ist wunderbar, einfach wunderbar", rief Mrs. Mulberry gerade, als sich die Tür der Praxis öffnete und der Pfarrer den Raum betrat. Hinter ihm kam der große Mann herein, den sie Big John nannten. Ein kleiner Mann mit vielen Falten, der eine schwarze Tasche trug, folgte zuletzt. Er war kahlköpfig und ernst; er stellte seine Tasche ab und kam auf sie zu. Er ging um den Pfarrer herum und John und Mrs. Mulberry machten ihm den Weg frei. *Das musste der Arzt sein.*

„Ich habe gehört, dass Sie einen Unfall hatten. Es gab ein Handgemenge und der Räuber hat auf Sie geschossen. Ich wüsste nicht, dass mir jemals zuvor eine Frau untergekommen wäre, die von einem Räuber angeschossen wurde. Sie sind die Erste. Gerade habe ich ein Kind zur Welt gebracht – ein kleines Mädchen – und ich bete darum, dass es niemals von einem Räuber angeschossen wird. Was ist nur aus dieser Welt geworden? Hier im Westen tragen diese Leute Gewehre und in letzter Zeit ist es wirklich schlimm mit ihnen geworden."

Sie wusste nicht genau, was sie darauf erwidern sollte. Dieser Mann redete so schnell, dass sie kaum mithalten konnte. Er schien keine Antwort zu erwarten und schob sich seine Brille wieder auf die Nase. Mit einem Blick nach unten beugte er sich vor und begann den Verband, den der Pfarrer so sorgfältig um ihre Schulter gebunden hatte, zu lösen.

„Sie müssen keine Angst haben. Ich muss nur überprüfen, ob der Pfarrer gute Arbeit geleistet hat, obwohl ich mir ziemlich sicher bin, dass das der Fall ist. Ich würde meine Pflicht vernachlässigen, wenn ich das nicht tun würde."

Während er sprach, begann er die offene Wunde zu untersuchen.

Ambrosia – Mrs. Mulberry – sah Jarred an und tätschelte seinen Arm. „Während Sie draußen waren, haben Ihre Verlobte und ich uns unterhalten und ich habe sie eingeladen, die nächste Woche bei mir zu verbringen, während sie sich erholt. Dann können Sie beide anschließend heiraten. Ich denke, so ist es am besten. Auf diese Weise haben Sie die Gelegenheit, einander etwas besser kennenzulernen. Was sagen Sie dazu?"

Gabby starrte Mrs. Mulberry schockiert an. Sie kämpfte dagegen an, laut aufzustöhnen, als der Doktor nun ihre Wunde in Augenschein nahm und eine neuerliche Woge des Schmerzes auslöste.

Auch der Pfarrer sah die ältere Frau erschrocken an. Die Schultern Big Johns bebten, als er zu lachen begann.

„Jetzt warten Sie mal, Mrs. Mulberry. Ich habe nach keiner Braut geschickt. Es tut mir leid“, sagte er zu ihr und sah dann wieder zu der lächelnden älteren Frau. In Gabbys Kopf drehte sich alles. „Ich habe Sie gerade fragen wollen, ob Sie Miss Tyson ein Zimmer zur Verfügung stellen könnten, während wir versuchen, die Situation zu klären und sie sich erholt. Ich bin mir nicht sicher, was genau getan werden muss.“ Er sah sie noch einmal entschuldigend an. „Das alles tut mir schrecklich leid. Ich brauche etwas Zeit, um darüber nachzudenken und mir darüber klar zu werden, was wir für Sie tun können. Aber da ich diese Briefe nicht geschrieben habe und auch nicht erwartet habe, dass Sie hierherkommen, hoffe ich, dass Sie verstehen werden, dass ich nicht vorhabe zu heiraten.“

Gabby nickte, konnte aber nicht sprechen.

„Nun, Pfarrer. Seien Sie nicht zu voreilig. Dieses arme Mädchen hier hat etwas ganz und gar Schreckliches durchleben müssen und wir wollen ihr doch in dieser Situation keinen Schock versetzen mit dieser Aussage. Ich werde sie bei mir aufnehmen und Sie können einander kennenlernen, während wir eine Lösung finden."

Seine Augen waren voller Mitgefühl. Er hatte sehr schöne Augen. Sie mochte die Anteilnahme, die sie darin sah.

„Nun gut, Sie haben recht, Mrs. Mulberry. Jetzt ist nicht der richtige Zeitpunkt für dieses Gespräch. Ich danke Ihnen vielmals dafür, dass Sie sie zu sich nach Hause eingeladen haben. Das ist sehr christlich von Ihnen."

„Ich versuche nur, dem Herrn zu dienen. Ich bin einsam in meinem Haus und wie Sie wissen, bin ich nur hier, weil mich der Herr zur Stelle sein ließ, als die Geschehnisse ihren Lauf nahmen, damit ich helfen kann."

Der Pfarrer nestelte an seinem Kragen herum. Er tat Gabby beinahe leid. Nun, nicht nur beinahe – der arme Mann tat ihr *wirklich* leid. Er musste unter Schock stehen. Doch sie kam nicht umhin, die Art und Weise, wie er mit der ganzen Situation umging, zu bewundern. Es gefiel ihr. Viele Männer hätten langst die Beherrschung verloren.

„Nun, wenn Sie mich fragen“, sagte der Arzt, „ich halte das für eine exzellente Idee, denn trotzdem Sie hervorragende Arbeit geleistet haben, werde ich nähen müssen. Anschließend bedarf die Wunde sorgfältiger Beobachtung und Behandlung. Wir wollen schließlich nicht, dass sie sich entzündet.“ Er sah Mrs. Mulberry an.

Mrs. Mulberry schüttelte den Kopf und sah auf einmal ganz traurig aus. „Nein, das wollen wir nicht. Ich werde mich gut um sie kümmern.“

„Ich weiß, dass Sie das tun werden, meine Liebe“, sagte der Arzt. „Aber wie Sie wissen, kann eine Infektion aus heiterem Himmel entstehen. Wir müssen sicherstellen, dass es nicht dazu kommt. Ich helfe Ihnen bei den Vorbereitungen. Und ich werde mindestens einmal am Tag nach ihr sehen. Es ist gut zu wissen, dass sie bei Ihnen in guten Händen ist, für den Fall, dass etwas geschieht.“

Gabby fragte sich, was wohl in Mrs. Mulberrys Leben geschehen war, das für diesen traurigen Blick verantwortlich war. *Hatte es etwas mit Infektionen zu tun*?

Gabby wollte mehr über diese reizende ältere Dame erfahren. Sie erinnerte sich daran, dass sie gesagt hatte, dass ihr Mann gestorben war und dass es eine schreckliche Zeit gewesen war. Zum ersten Mal, seit Gabby angeschossen worden war, traf sie die Erkenntnis. Sie hätte sterben können und könnte es immer noch, wenn die Wunde nicht richtig behandelt wurde. Gabby schauderte und dachte an die Verletzung, die die Kugel angerichtet hatte. Sicher würde sie gut verheilen. Sicherlich war sie nicht den ganzen Weg hierhergekommen, nur um dann zu sterben, weil ein Gesetzloser sie angeschossen hatte. Was für eine traurige Todesanzeige das abgäbe. Sie wollte nicht, dass ihr Leben so zu Ende ging.

Sie wollte leben, wollte einen Mann heiraten, den sie liebte, aber ihr war klar, dass dieser Mann aller Voraussicht nach nicht der Pfarrer sein würde.

KAPITEL VIER

Rasch wurde entschieden, dass sie bei Mrs. Mulberrys bleiben und die äußerst tüchtige Frau für sie sorgen würde.

„Hier, nehmen Sie davon einen ordentlichen Schluck." Der Arzt reichte ihr ein kleines Glas. Sie folgte seiner Aufforderung, erschauderte aber, als sie die Flüssigkeit hinunterschluckte.

Jarred und Big John halfen ihr hoch; sie war etwas benommen und schwankte leicht. Der Pfarrer – ihr widerstrebender Bräutigam – war ihr dabei behilflich, ihr Gleichgewicht zu finden. Mit einem Mal kam ihr sein Widerstreben äußerst komisch vor und sie kicherte und lehnte sich an ihn.

„Ich verspreche, ich werde Sie nicht dazu zwingen, mich zu heiraten.“ Sie blickte in sein gutaussehendes Gesicht. Auf einmal erschien es ihr seltsam unscharf und sie sah ihn doppelt. Was für sie völlig in Ordnung war, da er so nett anzusehen war.

„Pfarrer, vielleicht sollten Sie sie tragen“, meinte der Arzt. „Da sie sich ja ohnehin bereits an Sie klammert.“

Ihre Finger gruben sich noch fester in sein Hemd und sie erkannte, dass sie sich tatsächlich an ihn klammerte. „Ja, bitte.“ Sie seufzte und legte ihren Kopf gegen seine Brust. Sein Herz schlug schnell an ihrem Ohr und für einen Moment glaubte sie, sie würde einschlafen. Als sie sich das nächste Mal umsah, befand sie sich in einer Kutsche, die die Straße entlangfuhr.

Sie kniff die Augen zusammen und blinzelte mit müden Augen in Richtung der vorbeiziehenden Gebäude. „Ich weiß ja nicht, was der Arzt mir gegeben hat, aber ich habe keine Schmerzen.“

Die Kutsche fuhr durch ein Schlagloch und sie fiel gegen den Pfarrer. „Ja, dies'r klei-ne Schluck von wasauchimmer war ganz schön stark." Sie sah auf und blinzelte die beiden gutaussehenden Pfarrer an, die sie entsetzt ansahen. „Sie sind schon ein hübscher Anblick – selbst wenn Ihr Gesicht so verzerrt ist wie jetzt."

Sie seufzte und legte eine Hand auf eines seiner Gesichter. „Alles wird gut. Wir werden heiraten, ein Haus voller Kinder haben und glücklich sein. Wollen Sie Kinder?" Sie lehnte ihren Kopf gegen seinen Arm. Ihr war schwindelig und sie war unglaublich müde. Alles verschwamm an den Rändern, als sie sich daran erinnerte, dass er sie nicht heiraten würde… oder doch?

Sie tätschelte Jarreds Arm und war froh, dass nicht Alfred neben ihr saß. Alfred… wahrscheinlich war ihr Daddy jetzt wirklich sauer auf sie. Aber sie hatte Alfred einfach nicht heiraten können. Sie versuchte, sich zu konzentrieren und an ihren Vater zu denken. Ob er wohl kommen würde, um nach ihr zu suchen. Sie war sich dessen ziemlich sicher. Aber sie war zu müde, um darüber nachzudenken. Sie seufzte und vergaß dann alles, als sie sich an ihren Bräutigam schmiegte und einschlief.

Jarred bekam Laura gerade noch zu fassen, bevor sie vom Sitz rutschte. Er umfasste sie mit seinen Armen und wusste nicht, was er tun sollte.

Mrs. Mulberry lächelte ihn über den Sitz hinweg an. „Sie gehen ganz wundervoll mit der reizenden Kleinen um. Armes Ding."

„Doc, was haben Sie ihr gegeben?"

Der Arzt grinste. „Laudanum. Es ist mitunter sehr unterhaltsam, wie einige Menschen darauf reagieren. Aber sie wird sich an nichts erinnern. Einschließlich der Schmerzen dieser holprigen Fahrt."

Sie lag schnarchend in seinen Armen und Jarred war sich ziemlich sicher, dass sie sich an nichts davon würde erinnern wollen. Inklusive dessen, was sie gesagt hatte. Sie hatte ihn ein ums andere Mal als gutaussehend bezeichnet und er konnte immer noch die Hitze ihrer Berührung spüren, als sie seine Wange gestreichelt hatte.

Der Regen und der Viehtrieb durch die Stadt hatten den Zustand der Straßen nicht gerade verbessert, daher war er der Ansicht, dass die Entscheidung des Arztes, sie außer Gefecht zu setzen, sehr vorausschauend gewesen war. Doch er fühlte sich äußert unwohl in dieser Situation.

Er fand ihr Schnarchen liebenswert. Wäre es wie das Gebrüll einer Kuh gewesen, dann hätte er es vielleicht nicht so sehr gemocht. Aber im Moment fand er es süß. Er wettete, dass sie keine Ahnung davon hatte, dass sie schnarchte. Er entschied, dass er ihr das mitteilen würde.

Sie erreichten Mrs. Mulberrys Haus und Jarred fand sich in einer Zwickmühle wieder. Laura hatte sich an seine Schulter gekuschelt und schnarchte laut. Mrs. Mulberry lächelte und selbst der Doktor konnte sich ein Grinsen nicht verkneifen.

Mrs. Mulberry stürzte auf die Haustür zu. „Kommen Sie. Das Laudanum hat ganz sicher gewirkt. Lassen Sie sie uns reinbringen, bevor die Wirkung nachlässt."

Jarred wünschte, jemand anderes würde das

übernehmen, denn er fühlte sich gar nicht wohl dabei, sie so dicht an seinem Körper zu spüren. Aber Big John hatte nicht gedacht, dass er noch weiter gebraucht werden würde und daher darauf verzichtet, sich mit ihnen in die Kutsche zu quetschen. Damit blieb nur er übrig, wenn man bedachte, dass der Doktor älter und kleiner war als alle anderen Anwesenden.

„Nun machen Sie schon, Pfarrer“, drängte Mrs. Mulberry aus dem Haus heraus.

Da ihm keine Wahl blieb, hob er sie aus der Kutsche, trug sie den Weg entlang und folgte Mrs. Mulberry ins Haus. Ihm fiel auf, wie leicht sie war, als er sie in einen Raum trug, in dem Mrs. Mulberry gerade die Decke zurückschlug. Er fühlte sich unwohl dabei, als er sie auf das Bett legte.

„Wie reizend, dass Sie so stark sind, Pfarrer. Genau richtig, um sie so zu tragen.“ Die ältere Frau strahlte entzückt.

„Ich bin froh, dass ich helfen konnte“, sagte er und war sich nicht sicher, wie er ihr Entzücken auffassen sollte. „Mrs. Mulberry, ich möchte nur sicherstellen, dass Sie verstehen, dass ich diese Briefe nicht gesendet habe und Miss Tyson nicht heiraten werde. Ich würde es begrüßen, wenn Sie keine falschen Hoffnungen streuen würden, wo es keine gibt. Außerdem kann man leicht erkennen, dass wir nicht zueinanderpassen, selbst wenn ich es in Betracht ziehen würde."

Sie runzelte die Stirn und sah ihn über das Bett hinweg an. „Papperlapapp. Wie können Sie so etwas sagen, nachdem Sie sie gerade mal ein paar Stunden kennen? Sie wird sich erholen und dann werden wir weitersehen."

Er starrte auf die schlafende Schönheit und sein Herz bebte. Zum Glück betrat nun der Arzt den Raum und Jarred wich zurück, während er ihren Puls überprüfte. „Ich gehe schonmal raus, Doc." Er verließ den Raum, tat dies aber nicht, ohne vorher noch einen letzten Blick auf die friedlich schnarchende junge Frau zu werfen.

Auf die Frau, die hierhergekommen war, um ihn zu heiraten.

„Ich werde mich in die Kirche zurückziehen." Er ging hinaus an die frische Luft, schritt durch das Tor und lief die zerfurchte Straße entlang. Er brauchte Zeit zum Nachdenken. Und um dem Herrn dafür zu danken, dass er Miss Tysons Leben verschont hatte. Die Kugel hätte sie ohne Weiteres töten können.

Ihr süßes Lächeln erfüllte seine Gedanken und plötzlich wusste er, dass er auch Zeit zum Beten bräuchte. Er vergrub die Hände in den Taschen und ging in Richtung Kirche.

KAPITEL FÜNF

Zwei Tage später ging es Gabby schon viel besser. Mrs. Mulberry hatte sich ausgezeichnet um sie gekümmert und ihre Wunde versorgt. An diesem Morgen war der Arzt vorbeigekommen; er hatte ihren Allgemeinzustand und die Wunde überprüft und gesagt, dass alles gut verheile und sie schon viel besser aussehe. Ihr Körper ersetzte das Blut, dass sie verloren hatte und ihre Energie kehrte zurück. Sie hatte Zeit gehabt, einfach nur herumzusitzen und sich zu erholen. Eine von Mrs. Mulberrys Freundinnen war mit einer Hühnernudelsuppe vorbeigekommen. Die reizende, vogelartige Dame hatte darauf bestanden, dass sie sie Miss Essie Jane und nicht Mrs. Tate nannte. Sie hatte ihr die Haare mit einem Eimer Wasser und herrlich duftender Seife gewaschen.

Gabby war froh, dass der Arzt ihr erlaubt hatte, heute ein Bad zu nehmen. Sie fühlte sich immer noch etwas schwach, nahm sich aber vor, die nötige Energie aufzubringen und sich den Staub und Schmutz der Reise mit der Postkutsche vom Körper zu waschen. Mrs. Mulberry half ihr in die Wanne hinein und wieder heraus und ging ihr beim Ankleiden zur Hand. Nun saß sie im Wohnzimmer und fühlte sich so gut, wie sie sich seit der Konfrontation mit dem Räuber nicht mehr gefühlt hatte.

„So, meine Liebe, ich habe Ihnen ein paar Scones mitgebracht. Und etwas Tee. Damit wird es Ihnen gleich besser gehen.“ Sie hatte gerade das Tablett auf dem Beistelltisch abgestellt, als es an der Haustür klopfte. „Oh, ich bin gleich wieder da.“

Gabby biss in den Scone, der ihr praktisch im Mund zerging, so unglaublich köstlich war er. Sie beschloss, dass sie, bevor sie hier wieder auszog, Mrs.

Mulberry davon überzeugen musste, ihr zu zeigen, wie man sie machte.

„Das war der Pfarrer, der sehen wollte, wie es Ihnen geht. Ich habe ihn gebeten, morgen wiederzukommen, wenn Sie sich etwas besser fühlen."

Gabby war erleichtert. Sie war immer noch so schwach und unsicher. *Was sollte sie tun?* Der arme Mann hatte nicht nach ihr geschickt, was diese ganze Sache wirklich unangenehm machte. „Vielen Dank. Ich fühle mich schrecklich."

„Es ist ja nicht Ihre Schuld, dass sich jemand für ihn ausgegeben hat und in seinem Namen nach einer Braut gesucht hat. Im Übrigen halte ich das für eine ausgezeichnete Idee. Essie Jane tut das auch. Er ist ein wunderbarer Pfarrer und Mann. Die Frau, die ihn heiraten wird, kann sich glücklich schätzen. Und warum sollten das nicht Sie sein? Wenn hier mehr alleinstehende Frauen leben würden, dann würden sie alle um seine Aufmerksamkeit wetteifern. Er ist einer unserer begehrtesten Junggesellen."

„Aber…"

Der schelmische Glanz in ihren Augen ließ Gabby

verstummen.

„Ich habe mit Essie Jane über das Thema gesprochen und wir sind zu dem Schluss gekommen, dass wir auf diesen Zug aufspringen und dem geheimnisvollen Kuppler helfen wollen. So nennen wir die Person, die nach Ihnen geschickt hat. Wir haben uns gedacht, dass Sie um Ihren Mann kämpfen sollten."

Gabby blinzelte schockiert und ihr Magen erzitterte vor Unbehagen. Das Gewicht der Lügen, die sie erzählt hatte, lastete schwer auf ihren Schultern. „Ich muss etwas gestehen", sagte sie.

Mrs. Mulberrys Augen weiteten sich. „Oh, Sie sehen aus, als würde Sie etwas sehr quälen. Was ist es, meine Liebe? Was müssen Sie gestehen?"

Gabby holte tief Luft. „Ich bin nicht die, als die ich mich ausgegeben habe. Ich heiße nicht Laura Tyson. Mein Name ist Gabby Anson. Laura war unser Dienstmädchen in St. Louis. Sie hat die Briefe an den Pfarrer geschrieben – ich meine an die Person, die sich als er ausgegeben hat. Ich habe ihren Platz eingenommen, als sie kalte Füße bekam und nicht mehr hierherkommen wollte."

Mrs. Mulberry sah sie verblüfft an, erholte sich jedoch schnell, als sie über ihre Worte nachdachte. „Also ist Ihr Name Gabby?"

Sie nickte. „Ja, verstehen Sie jetzt die Zwickmühle, in der ich mich befinde? Ich habe gelogen, um hierher zu kommen. Der Pfarrer verdient etwas Besseres als eine Lügnerin wie mich. Außerdem hatte ich geplant, hier ein kleines Geschäft zu eröffnen oder mich anderweitig um Arbeit zu bemühen und den Pfarrer nicht an sein Versprechen zu binden. Ich wollte nur der Situation, in der ich mich befand, entkommen. Bis zum Zeitpunkt des Überfalls besaß ich Geld."

„In was für einer Situation haben Sie sich denn befunden?"

„Ich hatte eingewilligt, einen netten jungen Mann zu heiraten. Und… nun ja, je näher die Hochzeit rückte, desto weniger fühlte ich mich in der Lage, diese Verbindung einzugehen. Deshalb habe ich in der Nacht vor der Hochzeit, als mir Laura ihre Lage gestand und meinte, dass sie es nicht über sich bringen würde, eine Versandbraut zu sein, gefragt, ob ich ihren

Platz einnehmen könne. Sie gab mir die Briefe. Da sie selbst auch kalte Füße bekommen hatte, verstand sie meine Beweggründe. Erst bin ich praktisch vom Altar weggelaufen und eine Versandbraut geworden und nun stehe ich völlig mittellos da, weil der Räuber mein ganzes Geld genommen hat. Ich kenne hier niemanden, habe kein Geld und keine Möglichkeit, ein Geschäft zu eröffnen. Und ich kann den Pfarrer nicht zu etwas zwingen, dem er selbst nie zugestimmt hat. Ich befinde mich in einer misslichen Lage. Womöglich werde ich einen Brief an meinen Vater schreiben und ihn um Geld bitten müssen, um nach Hause zurückkehren zu können."

Mrs. Mulberry war in Gedanken versunken. „Vielleicht warten Sie damit einfach noch ein bisschen. Erst gestern hat Big John zu mir gesagt, dass Gott manchmal auf geheimnisvolle Weise wirkt und ich stimme ihm diesbezüglich zu. Ich denke, wir sollten dem Herrn die Chance geben, sein Wirken zu entfalten und die Sache in seine Hände legen. Sie haben recht daran getan, die Wahrheit zu sagen und nun können Sie neu beginnen. Und den Herrn wirken lassen. Ich kann Ihnen versprechen, dass Pfarrer Andrews Sie nicht verurteilen wird. Zumal Sie ja jetzt alles gestanden und Ihre Beweggründe erklärt haben."

Gabby war sich nicht sicher, ob sie erleichtert sein sollte oder nicht. Aber zumindest musste sie sich nicht länger schuldig fühlen und das war gut.

Sie würde Jarred die Wahrheit gestehen und sehen, wohin das führte. Das war ihre einzige Option…

Seit Jarred Laura vor ein paar Tagen in Mrs. Mulberrys Obhut zurückgelassen hatte, war er rastlos und unruhig. Er war jeden Tag dort vorbeigegangen, um sich nach ihrem Befinden zu erkundigen. Er sah es als seine christliche Pflicht als Pfarrer dieser kleinen Stadt, sich um die Kranken zu kümmern und ihnen auf jede erdenkliche Weise zu helfen. Heute hatte ihn Mrs. Mulberry zum dritten Mal mit einem Lagebericht abgespeist, ohne das er hereingebeten worden wäre. Verstimmt dachte er darüber nach. Er wollte sie sehen.

Das entsprach der Wahrheit. Ihm war aufgefallen,

wie häufig er an sie dachte. Sie hatte den Mut aufgebracht, sich allein auf den Weg zu machen in Richtung einer ungewissen Zukunft. Er bewunderte sie dafür. Er lachte auf, als er daran dachte, wie sie an seine Schulter gelehnt geschnarcht hatte. Das war ihm in den letzten Tagen häufig passiert. Sein Lächeln verblasste, als ihm wieder bewusst wurde, was sie durchgemacht hatte. Sie war überfallen worden und hatte sich kein einziges Mal über ihre Situation beklagt. Am meisten hatte sie der Gedanke an das Geld, das sich in ihrer Handtasche befunden hatte und nun verschwunden war, aufgeregt. Es war alles gewesen, was sie besessen hatte. Es fiel ihm schwer, sich vorzustellen, wie sie sich in dieser Situation fühlen mochte. Sie schien es gut wegzustecken, was ihm Bewunderung abverlangte.

Mrs. Mulberry hatte gesagt, dass ab heute Besuche erlaubt seien. Die Witwe hatte ihn überrascht, als sie so hartnäckig auf Ruhe für ihre Patientin beharrt hatte. Sie war davon überzeugt gewesen, dass Laura Zeit und Ruhe brauchte, um etwas zu Kräften zu kommen, bevor sie etwaige Besucher empfing… ihn eingeschlossen.

Als er sich nun der Veranda von Mrs. Mulberrys Haus näherte, erwartete er voller Spannung die Begegnung mit der Frau, die hierhergekommen war, um seine Ehefrau zu werden.

Was für ein merkwürdiger Gedanke. Das alles war schon etwas seltsam, doch als er an die Haustür klopfte, war er nicht mehr so vor den Kopf gestoßen wie noch vor ein paar Tagen.

Mrs. Mulberry öffnete die Tür mit einem breiten Lächeln. „Pfarrer Andrews, wie schön, dass Sie da sind. Kommen Sie rein, kommen Sie rein."

Er trat ein. Trotzdem er ihre überschwängliche Art kannte, kam sie ihm heute besonders aufgeregt vor.

„Pfarrer Andrews, kommen Sie rein, kommen Sie rein. Ist heute nicht ein schöner Tag?"

Überrascht lächelte er. „Vielen Dank. Ich hoffe, Ihnen und Miss Tyson geht es gut."

„In der Tat, der Herr meint es gut mit mir. Und Ga- Laura geht es schon viel besser. Da entlang. Sie sitzt im Wohnzimmer."

Die Unregelmäßigkeit in ihrem Redefluss, als sie Lauras Namen erwähnte, entging ihm nicht und er wunderte sich darüber, während er ihr folgte. Erstaunt blieb er in der Tür stehen, als er Laura erblickte. Sie sah aus wie ein wunderschöner Engel. Ihre Haut war noch immer blass, aber ihre Wangen waren leicht gerötet und ihre Augen strahlten, als sie ihn anlächelte. Er war hingerissen und sein Atem stockte. Ihr schimmerndes Haar war in einen lockeren Knoten zurückgebunden, sodass ein paar Strähnchen ihr Gesicht umspielten. Sie trug ein hübsches rosafarbenes Kleid, das oben etwas locker saß. Wahrscheinlich hatten sie es abgeändert, um genug Raum für die Verletzung zu schaffen. Ein leichtes Tuch bedeckte ihre Schultern. Der Gedanke, dass ihr Kleid aus praktischen Erwägungen nicht vollständig geschlossen worden war, um ihre Schulter zu schonen, drängte sich ihm auf und beschäftigte ihn. Ihm wollten einfach keine vernünftigen Worte einfallen.

„Hallo, Pfarrer." Sie stockte leicht, als sie das Wort *Pfarrer* aussprach, so als wüsste sie nicht recht, wie sie ihn ansprechen sollte.

„Bitte nennen Sie mich Jarred.“

Sie schaute auf ihre Hände herab und auf das Taschentuch, das sie zwischen den Fingern knetete. „Ich weiß nicht, ob das angemessen ist.“ Besorgt blickte sie zu Mrs. Mulberry.

Die ältere Dame nickte ihr zu. „Ich werde mich zurückziehen und euch beiden etwas Zeit geben, um euch zu unterhalten. Ich bringe euch gleich etwas Tee, in Ordnung?“ Mit diesen Worten verließ sie den Raum.

„Bitte nehmen Sie Platz.“ Laura deutete leicht auf den Stuhl.

Er setzte sich und versuchte, Worte zu bilden. Sein Herz klopfte und er konnte den Blick nicht von ihr abwenden. *Was war nur los mit ihm?* Schließlich gelang es ihm, seinen Verstand zum Arbeiten zu bringen. „Sie sehen aus, als ob es Ihnen bereits besser ginge“, sagte er.

Sie legte die Hände ineinander und rutschte unruhig hin und her. „Es geht mir schon viel besser, aber ich muss mit Ihnen reden.“

„Was kann ich für Sie tun?“

„Ich muss Ihnen einige Dinge erklären. Zunächst einmal bin ich nicht die Person, für die Sie mich halten. Ich hätte vor fünf Tagen heiraten sollen, konnte es aber nicht und meinem Dienstmädchen erging es ähnlich. Nur hatte sie eine Versandbraut werden wollen. Sie hat die Briefe geschrieben und wollte hierherkommen, hat dann aber kalte Füße bekommen. Mir ging es genauso, daher habe ich ihren Platz eingenommen, um hier ein neues Leben zu beginnen."

„Sie sind nicht Laura Tyson?"

„Nein, mein Name ist Gabby Anson." Sie schloss kurz die Augen. „Ich habe so bald wie möglich die Wahrheit sagen wollen. Ich möchte hier von vorn beginnen und dazu muss ich ehrlich sein. Ich sollte heiraten, bekam aber kalte Füße und wusste, dass ich diese Verbindung nicht eingehen konnte. Alfred ist sehr nett, aber nicht der Richtige für mich. Mein Dienstmädchen Laura gestand mir, dass sie am nächsten Morgen den Zug nehmen und später in eine Postkutsche umsteigen würde um als Versandbraut hierherzukommen, aber sie traute sich dann doch nicht. Sie gab mir ihr Ticket, weil auch ich kalte Füße bekommen hatte.“ Dieses Mal erklärte sie die Situation, in der sie sich befand, etwas ruhiger als bei ihrem ersten Versuch, alles zur Sprache zu bringen.

„Ich konnte mir die Gelegenheit, ganz von vorn zu beginnen, einfach nicht entgehen lassen. Ich habe ein paar Sachen und etwas Geld zusammengepackt und bin durchgebrannt. Und hier bin ich nun. Ich hätte nur nicht erwartet, dass ich auf dem Weg hierher überfallen werde. Es tut mir leid. Ich wollte Ihnen eigentlich die Wahrheit sagen, sobald ich hier angekommen war und Ihnen mitteilen, dass es ihr unendlich leidtue, sie aber nicht hätte kommen können. Ich wollte ein Geschäft eröffnen, aber nun habe ich kein Geld mehr und weiß noch nicht, was ich tun werde. Aber ich möchte Sie nicht damit belasten. Sie müssen sich wegen mir keine Sorgen machen. Ich habe über nichts anderes nachgedacht, seit ich Mrs. Mulberry die Wahrheit gestanden habe und ich denke, die einzige Möglichkeit, die mir bleibt, ist, meinem Vater zu schreiben und ihn um Geld für meine Rückkehr zu bitten. Dort werde ich mich dem stellen, was ich angerichtet habe und Sie können ihr Leben ganz normal fortführen.“

Entgeistert sah er sie an. „Vielen Dank für Ihre Ehrlichkeit. Ich weiß das zu schätzen.“ Er bemühte sich darum, zu verstehen, was sie ihm gerade enthüllt hatte. Sie brachte ihn ständig aus dem Gleichgewicht. Zuerst mit der Aussage, dass sie gekommen war, um seine Frau zu werden und nun mit den Worten, dass sie nicht die war, für die sie sich ausgegeben hatte und deswegen nicht gekommen war, um ihn zu heiraten. Und dass sie die Stadt wieder verlassen würde. Er war ihr nichts schuldig und sie war ihm nichts schuldig. Das bedeutete andererseits, dass sie hier nichts hielt und es für sie keinen Grund gab, zu bleiben. Warum fühlte er sich dann so schlecht?

Trotzdem es zunächst ein Schock gewesen war zu erfahren, dass sie als seine Braut gekommen war, hatte er sich in den letzten Tagen auf den Moment gefreut, wenn Mrs. Mulberry ihm endlich erlauben würde, sie zu besuchen. Er hatte mit dem Gedanken gespielt, sie kennenzulernen.

Und nun wollte sie die Stadt verlassen.

„Es tut mir wirklich leid“, sagte sie nach einem

Moment und suchte seinen Blick.

„Ihre Familie und Ihr Verlobter haben sich sicherlich schreckliche Sorgen um Sie gemacht. Genauso wie der Rest Ihrer Familie.“

„Das stimmt. Ich habe drei Schwestern und ich hätte große Angst um sie. Aber Alfred wird damit klarkommen müssen, denn selbst wenn ich nach Hause zurückkehre, werde ich ihn nicht heiraten.“

„Wenn Sie so fühlen, warum haben Sie dann überhaupt zugestimmt, ihn zu heiraten?“

„Er ist ein Geschäftsfreund meines Vaters und eine gute Partie. Meine Eltern haben mich beide sehr darin bestärkt. Also stimmte ich zu. Doch dann begann ich mich nach Abenteuern zu sehnen und danach, mal etwas anderes zu sehen als St. Louis und ich hatte das Gefühl, zu ersticken.“

„Ich verstehe. Aber haben Sie nicht mit Alfred darüber gesprochen? Sie sind einfach gegangen?“

„Ich weiß, dass das nicht die feine Art war. Ich bin in Panik geraten. Es ist alles meine Schuld. Ich weiß das. Aber ich kann es nicht ungeschehen machen. Und nun bin ich hier, angeschossen, mittellos und Sie habe ich in eine unangenehme Lage gebracht."

Er schüttelte den Kopf. „Es ist nichts geschehen, was nicht wieder in Ordnung gebracht werden könnte. Das wäre anders gewesen, wenn Sie tödlich verwundet worden wären. Das wäre eine Tragödie gewesen. Mir will nicht in den Kopf, warum Sie diese Stadt so schnell wieder verlassen wollen. Mit Ihrer Schulter sind Sie nicht reisefähig, denke ich. Und Mrs. Mulberry hat bereits zum Ausdruck gebracht, dass Sie gern so lange hierbleiben können, wie Sie wollen, daher besteht kein Grund zur Eile. Und unter uns, ich denke, Sie genießt Ihre Anwesenheit in ihrem Haus. Warum besprechen wir das nicht mir ihr, wenn sie mit dem Tee und den Scones zurückkommt?"

Es tat ihm gut, seine Erfahrungen als Pfarrer einbringen zu können. Es ging hier schließlich auch darum, was in Gabbys Leben geschehen war, dass sie dazu veranlasst hatte, zu solch drastischen Mitteln zu greifen, um aus St. Louis fortzukommen. Er wollte sicherstellen, dass sie Zeit bekam, darüber nachzudenken, was das Beste wäre. Für sie.

Das Lösen von Problemen war Teil seines

Berufes. Er half gern. Und in diesem Fall half er ihr, Zeit zu gewinnen, um ihr Leben wieder in Ordnung zu bringen. Hatte er für sich selbst auch etwas Zeit gewonnen? *Womöglich.*

Er wollte sie gern besser kennenlernen, ohne dass die ganze Versandbraut-Sache über ihren Köpfen schwebte.

„Wenn Mrs. Mulberry zustimmt, dann würde ich gern bleiben. Das, was Sie vorgeschlagen haben, ist die perfekte Lösung für den Moment. Sobald es mir besser geht, werde ich abreisen."

Er freute sich darüber, dass sie die Stadt nicht verlassen würde. Zumindest nicht sofort. „Gut, das freut mich… Gabby. Und ich mag Ihren Namen. Er steht Ihnen."

„Vielen Dank."

Mrs. Mulberry kam ins Zimmer zurück. In den Händen hielt sie ein Tablett, auf dem sich Tee und Scones befanden.

Schon beim Gedanken an die Scones, begann sein Magen zu knurren.

KAPITEL SECHS

„Das ist doch gar kein Problem", sagte Mrs. Mulberry sofort, als sie in den Plan eingeweiht wurde. „Ich bestehe darauf, dass Sie so lange bleiben, wie Sie möchten."

„Nur wenn Sie sich dessen ganz sicher sind", erwiderte Gabby.

Mrs. Mulberry sah sie erstaunt an. „Natürlich bin ich mir sicher. Ich freue mich darüber, Sie hier zu haben. Wir können so viele Dinge tun. Wir können Treffen der Kirchengruppe organisieren – das könnten wir wirklich und vielleicht kann Ihnen Pfarrer

Andrews ein bisschen die Gegend zeigen. Unser Land ist wunderschön." Sie lächelte Jarred an.

„Das würde ich gern tun." Er lächelte und Gabby gewann den Eindruck, dass es ihm wirklich Freude machen würde, ihr die Gegend zu zeigen. Augenblicklich fühlte sie sich besser. Nachdem sie ihm alles erzählt hatte, hatte er sie einen Moment lang ausdruckslos angestarrt. Das hatte sie beunruhigt, aber ihr war klar, dass es keine leichte Kost gewesen war. Es hatte sie sogar sehr beunruhigt.

Der Gedanke, Zeit mit ihm zu verbringen, ließ ihr Herz schneller schlagen.

Gabby rief sich in Erinnerung, dass sie nicht seine Frau werden würde und es daher nicht angebracht war, wegen ihm nervös zu sein. Doch ihr Herz schien seinen eigenen Willen zu haben. Der Pfarrer war sympathisch und sah gut aus, deswegen nickte sie trotz der Alarmglocken, die in ihrem Kopf erklangen. „In Ordnung, das würde ich auch gern tun."

Er stand auf. „Dann werde ich jetzt gehen und Sie sich ausruhen lassen. Ich komme morgen um diese Zeit wieder und dann unternehmen wir einen Ausflug."

Sein Lächeln erwärmte ihren ganzen Körper.

Und sie freute sich mehr auf diesen Ausflug als sie sich seit langem auf irgendetwas gefreut hatte.

Kurz nachdem er gegangen war, traf der Sheriff ein, der sich in Begleitung seiner Frau befand, um ihr ein paar Fragen zu stellen.

„Sie haben noch mehr Besuch, Gabby." Mrs. Mulberry führte die beiden in das Wohnzimmer. „Das sind Sheriff Trey Jones und seine Frau Lucy. Wir freuen uns so sehr darüber, dass Lucy nun bei uns lebt. Sie war unsere erste Versandbraut."

Lucy lächelte herzlich. „Das stimmt." Sie kicherte und streckte die Hand aus. „Ich bin Lucy und ich bin so froh, dass ich hierhergekommen bin." Sie sah Trey an. In ihren Augen lag tiefe Zuneigung, als sie ihren Mann ansah.

„Auch ich bin äußerst glücklich darüber", sagte der Sheriff.

Gabby spürte, wie sich ihr Herz zusammenzog. Sie wollte auch, was zwischen den beiden war. Zwischen ihr und Alfred hatte es das nicht gegeben und das war einer der wichtigsten Gründe dafür, dass sie ihn nicht hatte heiraten können. Sie hatte Alfred stets für einen netten Mann gehalten, doch in ihrem Herzen war nichts gewesen, was Liebe auch nur im Entferntesten nahegekommen war. Sie hatten sich kaum richtig geküsst; es hatte nur einen leichten Kuss auf die Lippen gegeben, der nichts in ihr ausgelöst hatte. Sie hatte den Gedanken einfach nicht ertragen können, jemanden zu heiraten, für den sie keinerlei romantische Gefühle hegte. Und so saß sie nun hier und wurde Zeugin der tiefen Liebe zwischen diesen beiden. Es bestärkte sie darin, sich dasselbe für ihre eigene Zukunft zu wünschen; sie würde nicht einmal in Betracht ziehen, Alfred jetzt noch zu heiraten, auch wenn er das anbieten würde. Was er sicherlich nicht täte. Nein, sie würde aus Liebe heiraten.

Wenn sie sich das leisten konnte. Und da lag das Problem.

Sie wollte gern mutig und unabhängig sein und ihr Schicksal selbst in die Hand nehmen. „Ich bin froh, dass ich hierhergekommen bin, auch wenn ich eventuell zurückkehren muss. Es freut mich, dass sich alles für euch so gut gefügt hat. Ich bin nicht gerade begeistert darüber, ausgeraubt worden zu sein, aber dieses Risiko muss man wohl eingehen, wenn man in den Westen reist."

„Das ist wahr", sagte Sheriff Jones. „Trotzdem tut es mir leid, dass Ihnen das zugestoßen ist. Ich bin gekommen, um Ihnen ein paar Fragen zu stellen. Lucy hat mich begleitet, um Sie zu unterstützen. Fühlen Sie sich in der Lage, mir ein paar Fragen bezüglich des Überfalls zu beantworten?"

„Ich helfe Ihnen gern so gut ich kann. Was wollen Sie wissen?"

„Können Sie den Mann beschreiben? Ist Ihnen irgendetwas an ihm aufgefallen, das uns helfen könnte, ihn zu identifizieren?"

Seinen Anblick würde sie nie vergessen. „Er war durchschnittlich groß und trotzdem er einen Cowboyhut trug, konnte ich sehen, dass er braune Haare hatte. Er trug ein Halstuch und sein Haar war ungepflegt und struppig. Oh, und sein Hemd war ebenfalls braun."

„Können Sie sich an irgendwelche ungewöhnlichen Eigenheiten erinnern? Irgendetwas, dass uns auf seine Spur bringen könnte? Bitte versuchen Sie, sich zu erinnern."

Sie dachte nach und zerbrach sich den Kopf auf der Suche nach Einzelheiten. „Der Überfall hat mich traumatisiert und es fällt mir schwer, ihn mir erneut ins Gedächtnis zu rufen. Im Moment fällt mir nicht mehr ein."

Sie fühlte sich schrecklich, weil sie sich nicht an weitere Einzelheiten erinnern konnte.

„Das ist schon in Ordnung. Vielleicht erinnern Sie sich noch an ein paar weitere Details, während Sie hier sind. Es ist gut, dass Sie noch in der Stadt bleiben."

„Der Räuber hat mir mein ganzes Geld gestohlen, daher bin ich völlig mittellos. Ich hatte gehofft, ich könnte hier ein kleines Geschäft eröffnen."

„Sind Sie auf der Suche nach einem Job?", wollte Lucy wissen.

Gabby nickte. „Ja, ich ziehe in Betracht, mir einen Job zu suchen. Ich bleibe hier bei Mrs. Mulberry. Es kann noch ein paar Tage dauern, bis ich wieder ganz bei Kräften bin, aber dann würde ich gern arbeiten."

„Wir werden sehen, was uns bis dahin eingefallen

ist“, sagte Mrs. Mulberry. Sie und Lucy sahen einander verschwörerisch an.

Gabby erkannte, dass beide bereits im Kopf die Möglichkeiten durchgingen.

Lucy lächelte erneut. „Es gibt ein paar Dinge, die in dieser Stadt noch fehlen und da Sie nun hier sind, gibt uns das vielleicht die Gelegenheit, uns etwas auszudenken, was auch der Stadt zugutekäme.“

„Aber natürlich“, sagte die ältere Frau und lächelte über das ganze Gesicht.

Gabby hoffte, dass dem so war.

KAPITEL SIEBEN

Obwohl sie sich vorgenommen hatte, nicht nervös zu sein, war sie es doch, als sie am nächsten Tag auf der Schaukel auf der Veranda saß und auf Jarred wartete. Körperlich ging es ihr besser, aber sie wurde den Eindruck nicht los, immer noch nicht ganz die Alte zu sein. Sie war immer noch kraftloser als gewöhnlich und ihre Schulter schmerzte leicht, heilte aber insgesamt gut und tat nicht mehr so weh wie noch vor ein paar Tagen. Sie konnte ihr Kleid inzwischen im Rücken schließen, was sie mit Freude erfüllte. Es ging voran.

„Sie werden einen tollen Tag haben. Frische Luft wird Ihnen guttun.“ Mrs. Mulberry wuselte um sie herum und schüttelte ihr Kissen auf, nachdem sie ein Glas Wasser neben sie gestellt hatte. „Und natürlich auch die Gesellschaft Ihres jungen Mannes.“

Gabby wollte gerade erwidern, dass Jarred nicht ihr junger Mann war, tat es dann aber nicht. Was würde das bringen? Stattdessen lächelte sie und trank einen Schluck Wasser.

Jarred bog in die Straße ein und ihr Puls beschleunigte sich, als sie ihn auf der Kutsche sitzen sah.

„Oh, da ist er ja.“ Mrs. Mulberry seufzte. „Er ist schon ein gutaussehender Mann, finden Sie nicht auch?“

Gabby lächelte bei ihren Worten. „Ja, das ist er.“ Das ließ sich nicht von der Hand weisen, daher versuchte sie es gar nicht erst.

Er sprang von der Kutsche und kam rasch den Weg entlanggelaufen. „Einen schönen guten Tag, die Damen.“ Er betrat die Veranda und nahm grüßend seinen Cowboyhut vom Kopf. „Gabby, Sie sehen aus, als ginge es Ihnen bereits besser.“

Ihre Wangen wurden heiß, als er von Mrs. Mulberry zu ihr herübersah. „So ist es. Und ich freue mich sehr auf unseren Ausflug.“

„Sie kann endlich an die frische Luft“, fügte Mrs. Mulberry hinzu. „Ich bin gleich wieder da. Geht ihr beide schon mal vor. Pfarrer, bringen Sie sie zur Kutsche.“ Mrs. Mulberry verschwand im Haus und ließ sie allein.

„Was möchten Sie als Erstes sehen?“

„Ich bin äußerst gespannt auf die Stadt. Ich bin bereits zweimal durch sie hindurchgefahren, war aber beide Male bewusstlos.“ Sie runzelte die Stirn. „Was auch immer der Arzt mir für die Fahrt zu Mrs. Mulberrys Haus gegen die Schmerzen verabreicht hat, hat mich völlig umgehauen.“

Seine Augen funkelten. „Ja, Sie waren beide Male nicht auf der Höhe. Auf der Fahrt hierher hatten Sie Ihren Kopf gegen meine Schulter gelehnt und waren definitiv nicht bei sich.“ Er streckte die Hand aus. „Lassen Sie mich Ihnen hinaufhelfen. Und dann sagen Sie mir, was ich sonst noch für Sie tun kann.“

Sie ergriff seine Hand und spürte, wie sich ein Kribbeln ihren Arm entlang in ihre Brust ausbreitete. Schmetterlinge stoben in ihrem Bauch herum. Ihr Mund wurde trocken. „Es wird schon gehen. Mir geht es bereits viel besser. Es reicht aus, wenn Sie mir Ihren Arm reichen, wenn wir den Weg entlanggehen.“ Sie erhob sich und stellte erleichtert fest, dass ihre Beine sie trugen. Sie war sich dessen nicht sicher gewesen, da sich ihre Knie weich anfühlten, seit sie ihn erblickt hatte. *Was war nur los mit ihr?* Es war ja schließlich nicht so, als hätte sie noch nie Zeit in der Gegenwart eines gutaussehenden Mannes verbracht. Es lag an ihm. Irgendetwas an Jarred war anders. Er hatte eine stärkere Wirkung auf sie als jeder andere.

Aufmerksam sah er sie an. „Was immer Sie brauchen.“ Er hielt ihr seinen Arm hin und sie hakte sich bei ihm ein. Sie gingen los und er legte seine freie Hand auf ihren Arm, um sie noch besser zu stützen. Das gefiel ihr. Sie liefen den Pfad entlang und als sie die Kutsche erreichten, war er ihr dabei behilflich, auf den Tritt und in die Kutsche zu steigen.

„Das ist deutlich bequemer als eines der

Fuhrwerke."

„Ich habe sie gemietet, weil ich dachte, dass die Kutsche angenehmer für Sie wäre."

Seine Rücksichtnahme rührte sie. „Vielen Dank. Sie haben eine Menge auf sich genommen…"

„Das ist doch kein Problem. Ich werde im Gegenzug mit Ihrer Gesellschaft belohnt." Sie befanden sich auf Augenhöhe und ihr Herzschlag beschleunigte sich, als sie die Wärme in seinen Augen sah. „Das meine ich wirklich so, Gabby. Ich habe mich auf unsere gemeinsame Ausfahrt gefreut."

Die Schmetterlinge wirbelten in ihrem Bauch umher. „Ich mich auch", gelang es ihr zu sagen.

„Da bin ich wieder", rief Mrs. Mulberry, als sie aus dem Haus geeilt kam und den Weg entlangschritt. Sie hielt einen Korb in den Händen. „Ich habe euch ein Picknick eingepackt. Und hier ist noch eine Decke, auf die ihr euch setzen könnt." Sie streckte den Arm aus und hielt Jarred den Korb hin. Er sah überrascht aus, als er erst den Korb und dann die Decke nahm, die sie in der anderen Hand gehalten hatte.

„Danke, Mrs. Mulberry. Wie aufmerksam von

Ihnen.“

Sie errötete. „Ach, das ist doch nichts Besonderes. Ich möchte nur, dass ihr zwei Spaß habt und dass Gabby sich nicht zu sehr anstrengt“, sagte sie an Jarred gewandt. „Ich dachte, ihr würde eine Pause guttun, nachdem Sie ihr die Gegend gezeigt haben.“

„Vielen Dank. Das ist sehr nett von Ihnen.“ Gabby war angenehm überrascht von den Vorbereitungen ihrer neu gewonnenen Freundin. Der Gedanke an ein Picknick mit Jarred war aufregend. Sie mochte sich nicht als Pfarrersfrau eignen, wollte diesen Gedanken jetzt aber nicht weiter vertiefen. Er bot ihr eine Gelegenheit, aus dem Haus zu kommen und war zudem noch unglaublich nett.

Er setzte sich neben sie. „Die Hauptstraße entlang und dann weiter ins Grüne. Was sagen Sie dazu?“

„Das hört sich gut an.“ Die Aussicht einer Ausfahrt aufs Land war äußerst reizvoll.

Sie winkten der lächelnden Mrs. Mulberry zu und fuhren die Straße hinunter. Die Stadt war gleichermaßen bäuerlich und idyllisch. Sie sah ein Diner, einen Gemischtwarenladen und ein

Futtermittelgeschäft. Ein großer Mann, an den sie sich von ihrem ersten Tag hier erinnerte, trug Futtersäcke zu einer Kutsche. Dann lächelte er und winkte.

„Es freut mich, dass es Ihnen besser geht“, rief er, als Jarred die Kutsche verlangsamte und neben ihm zum Stehen brachte. „Sie haben uns allen einen gewaltigen Schrecken eingejagt.“

„Vielen Dank. Ich möchte Ihnen für alles danken, was Sie für mich getan haben. Man hat mir gesagt, dass Sie den Arzt verständigt haben.“

„Dafür müssen Sie mir nicht danken. Ich war froh, dass ich helfen konnte. Sieht so aus, als bekämen Sie eine Stadtführung.“

Sie lächelte strahlend. „Das stimmt. Ich möchte alles sehen und es ist einfach großartig, das Haus wieder verlassen zu können.“

„Schön. Schön. Dann will ich euch nicht länger aufhalten.“ Er trat einen Schritt zurück. „Passen Sie gut auf sie auf, Pfarrer.“

Jarred lachte. „Oh, darauf können Sie sich verlassen.“

Sie fuhren wieder an. Kurz darauf entdeckten sie

Lucy Jones und ein kleines Mädchen, die gemeinsam die Straße entlangliefen. Sie winkte und Jarred brachte die Kutsche erneut zum Stehen.

„Guten Tag“, rief Lucy und kam mit dem kleinen Mädchen an der Hand zu ihnen hinüber. „Ich bin so froh, dass es Ihnen besser geht. Das ist meine Tochter Janie.“

„Ich habe gehört, dass Sie angeschossen wurden“, sagte Janie mit großen Augen. „Ich freue mich, dass es Ihnen wieder gut geht.“

„Vielen Dank. Mir geht es besser, weil mir so viele Menschen geholfen haben.“

„Gut. Mein Vater hat sich auf die Suche nach dem Räuber gemacht. Er wird ihn kriegen.“

Gabby dachte besorgt an die Gefahren, denen sich der Vater dieses Kindes aussetzte, um den Mann zu finden, der auf sie geschossen hatte.

„Machen Sie sich keine Sorgen“, sagte Lucy, als hätte sie ihre Gedanken gelesen. „Trey kann gut auf sich aufpassen. Außerdem wird er von einer Gruppe Männer begleitet.“

„Er wird bald wieder zurück sein“, fügte Jarred

hinzu. „Es ist nicht Ihre Schuld, dass die Kutsche überfallen wurde, Gabby. Machen Sie sich nicht dafür verantwortlich. Der Sheriff hätte diesen Mann ohnehin suchen müssen, ob er nun auf Sie geschossen hätte oder nicht."

„Das ist richtig", stimmte Lucy ihm zu. „Und Trey ist sehr gut und äußerst vorsichtig."

Sie holte tief Luft und versuchte, sich nicht dafür verantwortlich zu fühlen. Sie hatten recht. Es war nicht ihre Schuld, aber wenn ihm etwas geschehen würde, würde sie sich trotzdem schuldig fühlen. Sie betete, dass er unbeschadet zurückkehren würde.

KAPITEL ACHT

Nachdem sie sich von Lucy und Janie verabschiedet hatten, setzten sie ihre Fahrt fort. Gabby versuchte, ihre Besorgnis beiseite zu schieben und die Fahrt zu genießen. Jarred machte sie auf die verschiedenen Geschäfte aufmerksam und erzählte ihr, wem sie gehörten. Er sprach über die Bewohner der Stadt und sie gewann den Eindruck, dass er sich von ganzem Herzen um jede Familie sorgte und sich um die kümmerte, die krank oder bedürftig waren. Jeder einzelne lag ihm am Herzen.

„In unserer Stadt leben zu wenig Frauen. Es wäre

gut, wenn neue Familien gegründet würden, aber hier leben keine Frauen im heiratsfähigen Alter. Ich befürchte, dass die Stadt langsam schrumpfen wird, wenn es uns nicht gelingt, Frauen hierher zu holen. Man muss einen gewissen Hang zum Abenteuer mitbringen, wenn man hier leben will. Viele von denen, die sich in den letzten Jahren auf den Weg gemacht haben, haben die beschwerliche Reise unterschätzt und sind gar nicht bis hierhergekommen. Ich mache mir Sorgen um meine Stadt. Und um die Männer.“ Er zog an den Zügeln und lenkte das Pferd, das die Kutsche zog, aus der Stadt heraus.

Er sah sie an. „Es kann ziemlich einsam sein. Ich selbst bin meist damit beschäftigt, mich um meine Gemeinde zu kümmern. Aber auch ich bin allein. Ich hätte gern eine Frau. Ich sage immer, dass ich darauf warte, dass der Herr mir die richtige Frau schickt. Um ehrlich zu sein, habe ich begonnen zu denken, dass das womöglich nicht geschehen wird. Und ich habe über Sie nachgedacht. Ich war so überrascht, als Sie hier aufgetaucht sind. Seit Sie mir Ihre Geschichte erzählt haben, verstehe ich Sie besser. Es erklärt einiges. Und ich muss zugeben, dass Sie mich faszinieren."

Ihr Puls donnerte, so als würden sie mit der Kutsche durch die Gegend rasen. „Ich muss gestehen, dass ich mir nicht vorstellen kann, die Frau eines Pfarrers zu werden. Insbesondere nach dem, was ich getan habe. Sie können doch nicht ignorieren, dass ich gelogen habe. Und selbst wenn Sie das könnten, ich glaube nicht, dass ich die Eigenschaften aufweise, die man als Pfarrersfrau braucht."

Er zügelte das Pferd und blickte sie betroffen an. „Warum sagen Sie das? Sie befanden sich in einer schwierigen Lage und haben getan, was Sie Ihrer Meinung nach tun mussten. Das werde ich Ihnen nicht vorhalten. Ich kann Ihre Besorgnis in mancher Hinsicht verstehen, denn die Sorge für die Gemeinde kann zuweilen sehr belastend sein. Hin und wieder kommt es einem so vor, als lebte man das Leben eines Anderen. Man nimmt sich der Kranken an und bemüht sich darum, ihnen Freude und Trost zu schenken, wenn sie bedrückt sind oder trauern. Das ist manchmal sehr schwer. Allerdings verstehe ich nicht, warum Sie glauben, Sie wären dem nicht gewachsen."

Sie biss sich auf die Lippe. „Wir reden ja hier nicht über Sie und mich. Das Thema ist vom Tisch. Ich sage nur, dass Sie jemanden brauchen, der für diese Position geeignet ist."

„Ich glaube, Sie wissen Ihre Fähigkeiten nicht ausreichend zu schätzen. Aber auch ich denke von Zeit zu Zeit, dass mein Beruf meine Frau belasten könnte. Ich verstehe Ihre Besorgnis, denke aber, dass sie dieser Aufgabe gewachsen wären."

Sie starrten einander lange an und sie verspürte das ungeheure Bedürfnis, ihn in seinem Dienst an der Gemeinde zu unterstützen. Das erschreckte sie. Seine Last berührte ihr Herz. Jarred war so ein guter Mann.

Und er verurteilte sie nicht, sondern redete ihr stattdessen gut zu. Mit einem Mal wurde ihr klar, dass sie gern seine Frau werden würde, wenn er nicht Pfarrer wäre.

Sie kannten einander noch nicht sehr lange, doch im Gegensatz zu Alfred spürte sie bei Jarred ganz deutlich, dass sie ihn lieben könnte.

Bei diesem Gedanken versteifte sie sich.

„Geht es Ihnen gut?" Seine schönen Augen

blickten sie besorgt an. „Haben Sie Schmerzen?“

„Nein, habe ich nicht. Ich habe nur gerade gedacht, dass…“ Sie verstummte, als ihr bewusst wurde, dass sie ihm nicht sagen konnte, woran sie gerade gedacht hatte. „Glauben Sie, wir könnten bald etwas essen? Ich bin hungrig. Und ich bin gespannt, ob Mrs. Mulberry uns ein paar Scones eingepackt hat. Wahrscheinlich werde ich etwas um die Taille zulegen, wenn ich noch länger bei ihr wohnen bleibe.“

„In Ordnung.“ Dann zwinkerte er ihr zu. „Ich muss gestehen, mich plagt dieselbe Sorge. Sie bringt mir jede Woche eine Schachtel voll Scones vorbei und mir wird schon der Mund wässrig, wenn ich nur an sie denke. Es gibt durchaus ein paar Gestalten, die mir die Scones gern abjagen würden. Wir sind uns also einig, was die Scones angeht, aber nicht in Bezug auf ihr Herz. Sie haben ein gutes Herz.“

Sie errötete. „Okay, danke. Sie hat gesagt, sie will mir beibringen, wie man sie bäckt, sobald ich dazu in der Lage bin.“

Sein Blick wurde ganz verträumt und ihr Puls beschleunigte sich. „Nun, ich muss sagen, dass Sie meine absolute Traumfrau wären, wenn Sie diese Scones backen könnten.“ Er lachte. „Ich habe definitiv eine Schwäche für sie.“

Sie verspürte plötzlich das dringende Bedürfnis zu erlernen, wie man Scones backte. Und das empfand sie auf gewisse Art und Weise als befremdlich, denn Backen zu lernen war nie ihr Wunsch gewesen.

Jarred fühlte sich zu Gabby hingezogen und dieses Gefühl wurde immer stärker. Sie hatte ihn mitfühlend und voller Interesse angesehen, als er vom Dienst an der Gemeinde gesprochen hatte. Er verstand nicht, warum sie dachte, dass sie nicht über die nötigen Voraussetzungen verfügte, denn er hatte die Sorge in ihren Augen gesehen, als er über die Kranken gesprochen hatte und als sie erfahren hatte, dass der Sheriff auf der Suche nach dem Räuber war. Sie war eine gute Frau.

Trotzdem sie einander erst seit kurzem kannten, kam es ihm bereits wie eine viel längere Zeitspanne vor. Jedes Mal, wenn sie ihn ansah und ihre Augen diesen warmen Glanz annahmen, stockte sein Herz.

Und das hatte nichts mit den Scones zu tun.

Natürlich war es wahr: wenn sie lernen würde, wie man Scones zubereitete, dann wäre sie seine Traumfrau. Irgendetwas an ihr zog ihn an. Er hatte die ganze Nacht über an sie gedacht. Er hatte allein auf der Veranda gesessen und an sie gedacht. Und nun war er von Sorge erfüllt, weil sie die Stadt verlassen wollte.

Er lenkte die Kutsche zu einer kleinen Lichtung nahe dem Bach, der sich nicht weit entfernt der Straße dahinschlängelte. Hier war der perfekte Ort für ein Picknick. Sie würden etwas essen und dann würde er noch etwas weiter mit ihr fahren. Hier war es wirklich wunderschön. Mrs. Mulberry hatte an alles gedacht. Er nahm den Korb und die Decke aus dem Wagen und half Gabby aus der Kutsche. Sie gingen zu der Lichtung und er breitete die Decke aus und war ihr dabei behilflich, sich darauf niederzulassen.

„Wie geht es Ihrer Schulter?“, fragte er, nachdem sie sich gesetzt hatten.

„Es geht mir gut. Meine Schulter schmerzt immer noch etwas, aber ich genieße diesen Ausflug so sehr, dass ich es kaum bemerke.“

Er setzte sich neben sie. „Ich genieße es auch, doch sagen Sie mir bitte Bescheid, wenn Sie zurückfahren wollen.“ Er öffnete den Korb und holte eine Platte mit frisch gebackenen Kirschscones hervor. Er grinste. „Wir haben den Schatz gefunden. Ich denke ja nicht, dass wir noch schauen müssen, was sonst noch in dem Korb ist, aber so wie ich Mrs. Mulberry kenne, befinden sich darin sicher noch weitere Köstlichkeiten.“

„Das stimmt. Bisher war alles, was sie mir vorgesetzt hat, einfach köstlich. Ich muss gestehen, dass ich selbst nicht die beste Köchin bin. Aber ich freue mich darauf, dass sie mir zeigt, wie man einige der Speisen zubereitet, die sie für mich gemacht hat.“

Dass sie nicht gut kochen konnte, störte ihn nicht. Es wäre natürlich fantastisch, wenn sie Scones backen könnte, aber er kochte schon so lange für sich selbst, dass er wohl nicht verhungern würde. Er suchte nach einer Frau, die freundlich und liebevoll war, die ihn liebte und die er lieben konnte.

„Oh“, rief Gabby. „Sie hat Hühnersalat gemacht.

Und frisches Brot.“

„Das kann sie besonders gut“, sagte er. Als nächstes zogen sie Wassergläser heraus. Und noch ein paar Beilagen. „Wir schulden ihr ein gigantisches Dankeschön.“

„Das stimmt.“ Sie griff nach einem Scone und biss dann lächelnd in die süße, köstliche Nachspeise. Er lachte und nahm sich ebenfalls einen.

„Zuerst den Nachtisch.“ Er lachte und biss hinein.

„Wir sind furchtbar.“ Sie biss erneut in ihren Scone.

„Das ist unser Essen – wir können es in der Reihenfolge zu uns nehmen, die uns am besten gefällt.“

„Sie sind ein Mann ganz nach meinem Geschmack.“

Er beobachtete, wie sie erneut in ihren Scone biss und wünschte, er würde tatsächlich ihren Vorstellungen entsprechen.

Sie aßen die Köstlichkeiten und genossen die sanfte

Brise, das angenehme Wetter und das Gurgeln des nahen Baches. Gabby entspannte sich und bemerkte, dass es Jarred ähnlich zu gehen schien. Sie befanden sich in einer Situation, die sie beide nicht verursacht hatten und wussten nicht, wie sie sich entwickeln würde. Sie bemerkte, dass sie sich an einem Wendepunkt befanden, hier würde sich entscheiden, wie alles weitergehen würde. Sie mochte ihn, ob er nun Pfarrer war oder nicht und genoss die Zeit mit ihm – unabhängig davon, ob sie sich nun als Pfarrersfrau eignete oder nicht. Sie lachten, aßen die Scones und genossen den Sonnenschein.

„Wie kam es dazu, dass Sie Pfarrer geworden sind?“, fragte sie nach einer Weile, denn sie wollte gern mehr über ihn erfahren. Seine gütige Art spiegelte sich in seinen Augen. Doch da war auch eine Stärke, die sich nicht bestreiten ließ. Sie kam nicht umhin zu bemerken, dass er ein großer Mann war, der körperlich sehr fit war. Seine Arme waren so muskulös und durchtrainiert wie die eines Mannes, der Holz hackte und sich seinen Lebensunterhalt mit harter Arbeit verdiente und nicht nur in der Kirche stand und predigte. Ihr kam der Gedanke, dass er körperlich sehr aktiv sein musste.

Er trank einen Schluck Wasser und schaute von ihr zu dem leise plätschernden Bach. Ein nachdenklicher Ausdruck hatte sich in seine Augen geschlichen und die Falten um seine Augen waren nun tiefer als noch zuvor. Sie fragte sich, warum er auf einmal so ernst war. Als er sie wieder ansah, lächelte er leicht.

„Ich hatte eine harte Kindheit, meine Eltern sind früh verstorben. Ich habe viel Zeit in Northridge verbracht – dort sind meine Eltern gestorben – doch zuvor habe ich auf der Straße gelebt und es war hart. Ich geriet in Schwierigkeiten." Er zuckte mit den Achseln. „Habe mich mit den falschen Leuten eingelassen. Aber wenn man in Philadelphia lebt und ständig hungrig ist, dann ist es schwer, nicht in Schwierigkeiten zu geraten. Doch man nahm sich meiner an und ich wurde in ein Waisenhaus gebracht. Das Leben dort war nicht gerade rosig, doch ich bekam drei Mahlzeiten am Tag und eine Pritsche, auf der ich schlafen konnte und dafür konnte ich dankbar sein. Es gab dort eine nette Nonne und die Dame, die die Einrichtung leitete, war ebenfalls sehr freundlich. Ich habe Geschichten von Waisenhäusern gehört, wo das nicht der Fall war, aber ich hatte Glück. Wenn die jüngeren Kinder krank waren oder etwas brauchten, half ich ihnen und mit der Zeit fiel mir auf, dass ich das gern tat. Vielleicht, weil ich selbst nie jemanden gehabt hatte, auf den ich mich verlassen konnte, als ich selbst noch klein war. Ich fand es tröstlich, die jüngeren Kinder im Waisenhaus zu beruhigen und ihnen Mut zuzusprechen. Doch den Herrn habe ich in dieser Zeit noch nicht gefunden. Als der Krieg ausbrach, wurde ich eingezogen, da ich inzwischen alt genug war, um das Waisenhaus verlassen zu können und wurde irgendwann der Versorgung der Verletzten zugeteilt. Ich wurde recht bald selbst verletzt und kam auf die Krankenstation. Dort habe ich gelernt, mich um Wunden zu kümmern. Deshalb war ich in der Lage, Ihnen zu helfen."

„Wofür ich Ihnen dankbar bin. Sehr dankbar. Ich bin überzeugt davon, dass all die, um die Sie sich während des Krieges gekümmert haben, Ihnen ebenso dankbar waren.“

„Ich hoffe, ich konnte wenigstens etwas helfen. Es gab dort so viel Schmerz und Leid, ein Geistlicher brachte mich schließlich dem Herrn näher. Und das half mir, den Männern Trost zu spenden, selbst denen, die im Sterben lagen.“

„Ich bin überzeugt davon, dass Sie den Männern eine große Hilfe waren.“

Sie fragte sich plötzlich, wer wohl ihn trösten mochte. Sie vernahm den Schmerz in seiner Stimme. Er hatte so viel erlebt, das ihn immer noch beschäftigte.

„Als der Krieg vorbei war, bin ich nach Westen gezogen. Es gab nichts, was mich aufhielt und ich sehnte mich nach weiten Landschaften. Ich hatte gehört, dass es in Texas viele Möglichkeiten gäbe. Ich kam hierher und es schien mir das Natürlichste der Welt zu sein, Pfarrer zu werden. In den Städten, die ich passiert hatte, gab es häufig keine Kirchen, ab und zu kam ein Pfarrer vorbei, predigte, spendete Trost und zog dann weiter. So tat ich es selbst eine Zeit lang. Doch hier gab es eine Kirche, aber keinen Pfarrer, daher beschloss ich zu bleiben. Ich wollte nach Texas und da war ich nun. So bin ich hier gelandet.“

Er faszinierte sie. Betrübt erkannte sie, wie schwer er es gehabt hatte. Er war glücklich hier und es bereitete ihm Freude, den Menschen Trost zu spenden und plötzlich fiel ihr auf, dass sie dasselbe für ihn tun wollte. Sie sehnte sich auf einmal danach, ihre Arme um ihn zu legen und ihn ganz fest zu halten. Der Wunsch danach war übermächtig, etwas Mächtigeres hatte sie nie zuvor empfunden. Sie brach beinahe in Tränen aus. Überwältigt von ihren Gefühlen blinzelte sie die Tränen fort und wandte sich ab.

Überrascht bemerkte sie, dass er mit dem Daumen über ihre Wange strich. Er wischte eine Träne fort.

„Sie weinen ja“, sagte er leise. „Warum weinen Sie?“

Seine Finger berührten sie sanft und sie drückte ihre Wange gegen seine Hand, als sie sich umdrehte und ihn ansah. Ihr Herz raste.

„Ihre Geschichte hat mich so sehr berührt.“ Sie zögerte, dann streckte sie ihre Hand aus und berührte seine Wange. Sie konnte nicht anders. Sie wollte ihn so gern trösten. Eine solche Freiheit hatte sie sich noch nie herausgenommen. „Es fällt mir schwer zu verstehen, warum Sie bisher niemand entdeckt hat.“

Sie starrten einander an. Ihr Herz raste, als er sich vorbeugte und sie küsste. Sanft, so unglaublich sanft. Er berührte sie tief und sie musste an die ersten Sonnenstrahlen eines neuen Morgens denken. Er zog sich zurück und blickte sie an. Und sie dachte, dass sie sterben würde, wenn er sie nicht noch einmal küssen würde. Er sah so benommen aus, wie sie sich fühlte und zu ihrer Erleichterung und Freude küsste er sie erneut. Sanft schlang er seine Arme um sie und zog sie zu sich, wobei er darauf achtete, ihre verletzte Schulter nicht zu berühren. Dann vertiefte er den Kuss. Sie legte ihre Hand auf sein Herz und spürte, wie es raste – genau wie ihr eigenes. Er verstärkte den Druck seiner Lippen, zog sich dann aber plötzlich zurück.

„Es tut mir leid“, sagte er mit rauer Stimme. „Ich hatte nicht vor, dich zu küssen, aber du warst so entzückend und um ehrlich zu sein, habe ich mich noch niemals zu jemandem so hingezogen gefühlt wie zu dir.“

„Mir geht es genauso.“ So verharrten sie eine Zeit lang, er hielt sie in den Armen, ohne das sie etwas sagten.

Sie hätte für immer so sitzen bleiben können.

Was war los mit ihr? Was immer es war, es fühlte sich an wie im Märchen.

Schließlich zog er sich zurück, umfasste ihr Gesicht mit beiden Händen und strich sanft mit seinen Lippen über ihre.

Er lächelte. „Ich befinde mich in einer Zwickmühle.“

„Einer Zwickmühle?“ Ihr Herz raste immer noch und Freude durchpulste ihren ganzen Körper. Sie sah Schalk in seinen Augen und bemerkte, dass er so war – sanft und fürsorglich und zu Scherzen aufgelegt. Eine besondere Mischung.

„Dich zu küssen und in den Armen zu halten mag ich sogar noch mehr als Mrs. Mulberrys Scones. Was soll ich nur tun?“

Sie lachte. „Nun, wenn es dich tröstet, es geht mir genauso.“ Röte überzog ihre Wangen.

„Wenn es dir nichts ausmacht – wenn du

einverstanden bist – dann würde ich an den nächsten Abenden gern vorbeikommen und mit dir auf der Veranda sitzen und mich mit dir unterhalten."

„Das würde ich gerne tun." Sie wusste nicht genau, was sie da sagte oder tat. Sie eignete sich nicht als Ehefrau eines Pfarrers, konnte aber unmöglich abstreiten, dass sie ihn wiedersehen wollte. Das konnte sie ihm nicht abschlagen, dafür wollte sie es selbst viel zu sehr.

„Ich werde dich nun besser wieder nach Hause bringen, auch wenn das vielleicht das Schwerste ist, was ich jemals in meinem Leben getan habe." Er lächelte sie an und sie erkannte, dass der Schalk wieder Ersthaftigkeit gewichen war.

Sie verstand ihn so gut. Er half ihr auf, zog sie in die Arme und hielt sie noch einmal ganz fest. Er küsste sie auf den Kopf und ließ sie dann los. Sie wünschte, er würde sie noch einmal küssen. Stattdessen griff er nach der Decke und dem Picknickkorb, verstaute beides in der Kutsche und half ihr beim Einsteigen. Und dann machten sie sich auf die Rückfahrt.

KAPITEL NEUN

Als sie wieder bei Mrs. Mulberrys Haus ankamen, ergriff er ihre Hand und half ihr von der Kutsche herunter. Wärme breitete sich in ihrem Arm und ihrem ganzen Körper aus. Während dieses Ausflugs war etwas geschehen. Sie hatte das Gefühl, dass ein Teil an die richtige Stelle gerutscht war und obwohl sie es nicht verstand, so wusste sie doch, dass sich ihr Leben für immer verändert hatte. Konnte sie sich so rasch, so plötzlich und allumfassend in Jarred verliebt haben?

Jarred fuhr langsam zum Mietstall um die Kutsche

zurückzugeben, nachdem er Gabby bei Mrs. Mulberry abgesetzt hatte. Er war benommen, geradezu betäubt. Er hatte sie einfach küssen müssen. Er hatte seine Geschichte nie zuvor jemandem erzählt. Niemandem. Nur der Herr allein wusste, was er in seinem Leben durchgemacht hatte. Doch dort am Bach hatte er es Gabby erzählt. Bisher hatte er immer das Thema gewechselt oder den Fragenden dazu gebracht, über sein eigenes Leben zu sprechen, wenn ihn jemand nach seiner Vergangenheit gefragt hatte. Das funktionierte für gewöhnlich ganz gut, doch bei Gabby hatte er ein echtes, tief empfundenes Interesse gespürt. Und schließlich hatte er sich bereits zu ihr hingezogen gefühlt, ihm war nur noch nicht klargewesen, wie sehr. Er hatte ihr Einblicke in Bereiche seiner Persönlichkeit gewährt, die er normalerweise sorgfältig unter Verschluss hielt. Er hatte sich stets eingeredet, dass der Herr von ihnen wusste und dass das ausreichte. Doch damit hatte er sich selbst getäuscht, denn wenn er nachts allein war, dann verstand er, dass es diese Geheimnisse waren und der Schmerz, die ihn von anderen isolierten.

Er war stets von Menschen umgeben und versuchte ihnen zu helfen. Dennoch blieb er immer ein Stück weit für sich. Er hatte sich selbst ein Gefängnis geschaffen. Aber in Gabbys Gegenwart war es ihm gelungen, sich zu öffnen, er hatte ihr von seinen Gefühlen erzählt und sie hatte geweint.

Sein Magen hatte sich zusammengezogen und sein Herz hatte geschmerzt, als er die Träne erblickt hatte, die aus ihren schönen Augen dem sanften Bogen ihrer Wange folgend hinabgeglitten war. Als er die Träne aufgenommen hatte, hatte sich das angefühlt, als hätte er ihr Herz berührt. Sie stand für so viele tiefe Gefühle. Und als sie sich dann umgedreht und ihn angesehen hatte, da hatten sich weitere Emotionen in ihren Augen gezeigt. Und er hatte sie geküsst.

So wie das Meer vom Ufer angezogen wurde, so hatte er sich zu ihr hingezogen gefühlt und nicht den geringsten Wunsch verspürt, dagegen anzukämpfen. Er hatte sich verzweifelt danach gesehnt, sie in den Armen zu halten und erkannte jetzt, dass er wollte, dass Gabby für immer ein Teil seines Lebens war. Er kannte sie kaum, war sich aber über seine Gefühle im

Klaren.

Der Gedanke daran, dass sie die Stadt womöglich bald verlassen würde, wühlte ihn auf. Sie hatte so viel durchgemacht, seit sie angekommen war: sie war ausgeraubt und angeschossen worden und dann hatte man ihr auch noch gesagt, dass der Mann, den zu heiraten sie gekommen war, sie gar nicht erwartete. Natürlich wusste er, dass sie die Briefe nicht geschrieben hatte, aber diese Entwicklung musste trotzdem ein Schock gewesen sein.

Er hoffte, dass sie sich nun vielleicht wünschte, sie hätte die Briefe selbst geschrieben. Er betete, dass sie das tat. Denn er wünschte sich von ganzem Herzen, er hätte sie geschrieben.

Er entdeckte Big John, der vor dem Futtermittelladen stand. Als der Mann winkte, brachte er die Kutsche neben ihm zum Stehen.

„Wie geht es Ihnen, Pfarrer? Wie war der Ausflug mit der hübschen Miss Tyson? Ihr zwei habt ausgesehen, als hättet ihr einen wundervollen Tag.“

Big John wurde allgemein respektiert und gab stets gute Ratschläge. Jarred wusste das. Vielleicht war es dieser Umstand, der ihn dazu bewegte, sich ihm zu öffnen.

„Um ehrlich zu sein, Big John, bin ich etwas benommen. Mein Nachmittag war fantastisch, wahrscheinlich der schönste meines Lebens."

Der Ladenbesitzer verschränkte die Arme und lächelte breit. Er war bekannt für sein großes Herz und seine klugen Worte. Sein Lächeln beruhigte Jarred.

„Nun, das klingt doch wunderbar. Wie Sie wissen, hat das Mädchen große Hoffnungen gehegt, als sie hierhergekommen ist."

„Es wird ohnehin bald jeder wissen. Wahrscheinlich sollten Sie es als einer der Ersten erfahren. Sie heißt gar nicht Laura Tyson. Ihr Name ist Gabby Anson. Im Grunde genommen ist sie eine Braut, die vom Altar geflüchtet ist. Sie hat mir das alles gestern erzählt, nachdem sie Mrs. Mulberry die Wahrheit gestanden hat."

Er fasste die ganze Geschichte rasch zusammen und beobachtete John währenddessen. Er verurteilte sie nicht. Doch er legte die Stirn in Falten und rieb sich langsam mit den Fingern über das Kinn.

„Also ist sie nicht die, als die sie sich ausgegeben hat, ist aber trotzdem hierhergekommen. Und dann sind all diese Dinge geschehen. Und nun kehrt sie vielleicht wieder nach Hause zurück?“

„Das ist richtig.“

„Und wie fühlen Sie sich dabei? Wollen Sie, dass sie geht?“

Er runzelte die Stirn und seine Schultern fielen herab. „Ehrlich gesagt nicht. Deshalb stehe ich gerade etwas neben mir. Ich wünschte, ich hätte ihr diese Briefe geschrieben. Ich wünschte, ich wäre derjenige gewesen, der mit ihr korrespondiert hat und dass sie hierhergekommen wäre, um mich zu heiraten. Wie ist das nach so kurzer Zeit möglich?“

Big Johns Lächeln wurde noch breiter. „Als ich mich in meine Süße verliebt habe, wusste ich beinahe sofort, dass sie die Richtige ist. Wir haben uns nicht lange kennengelernt oder mit der Verlobung Zeit gelassen. Sie hat es gewusst und ich habe es gewusst. Ich war bei meinem Onkel zu Besuch und lernte sie bei einer kirchlichen Veranstaltung kennen. Wir trafen uns an der Schüssel mit dem Punsch, kamen ins Gespräch und suchten uns dann eine Schaukel, auf der wir unsere Unterhaltung fortsetzten. Noch bevor ich die Veranstaltung an diesem Abend verließ, wusste ich, dass sie die Richtige ist. Ich habe den Besuch bei meinem Onkel erst beendet, als sie zugestimmt hatte, meine Frau zu werden. Das war nach drei Tagen. Wir waren all die Jahre verheiratet, bis ich sie verlor. Und wenn man es genau bedenkt, habe ich diese Reise nur gemacht, um meinen Onkel zu besuchen. Es ist manchmal schon komisch, wie der Zufall spielt. Ich glaube von ganzem Herzen, dass der Herr auf mysteriöse Weise wirkt und wenn etwas geschehen soll, dann wird es geschehen. Er wird Ihre Schritte zu dem richtigen Menschen führen. Sie sind ein Mann des Glaubens – sehen Sie das nicht genauso?“

Jarred ließ Big Johns Worte auf sich wirken und spürte, wie ihm leichter ums Herz wurde. „Nun, Sir, da haben Sie recht, ich stimme Ihnen zu. Doch manchmal macht man sich so viele Gedanken, dass man nicht auf sein Herz hört. Ich werde beten und zuhören, was der Herr mir zu sagen hat. Vielen Dank. Ich frage mich immer noch, wer so getan hat, als wäre er ich und diese

Briefe an sie geschrieben hat. Zuerst dachte ich an Mrs. Mulberry und die anderen Frauen. Aber sie kamen mir genauso schockiert vor wie wir alle. Und Mrs. Mulberry ist sehr liebenswürdig. Ich denke nicht, dass sie so gut schauspielern kann. Ich bin nur neugierig, wer es gewesen sein könnte."

Big John zuckte die Achseln und sein Gesicht nahm wieder einen nachdenklichen Ausdruck an. „Ich denke, wer auch immer es ist, er oder sie handelte mit den besten Absichten. So wie ich das sehe, geschah es nicht aus Bosheit, sondern zu Ihrem Besten."

„Das sehe ich auch so. Wir brauchen mehr junge Paare in unserer Stadt, die Kinder auf die Welt und in unsere Gemeinde bringen. Ich kann nicht bestreiten, dass Frauen das Leben besser machen. Denken Sie nur an den Sheriff. Haben Sie in letzter Zeit einen Blick in seinen Garten geworfen? Dort blühen nun Blumen, wo es vorher recht trostlos aussah. Und im Haus ist es hell und überall liegen bunte Kissen herum, die sie und Janie genäht haben. Und das kleine Mädchen ist richtig aufgeblüht." Das alles entsprach der Wahrheit.

Der ältere Mann nickte ernst und lächelte dann.

„Ich glaube, Sie versuchen, sich selbst von etwas zu überzeugen. Ich stimme Ihnen da vollkommen zu."

Jarred holte tief Luft und betrachtete für einen Moment den blauen Himmel. Er kam ihm auf einmal viel heller vor, als er sich an den Kuss mit Gabby erinnerte. „Big John, ich glaube wirklich, ich könnte mich verliebt haben." Er verstummte und ließ die Worte in sein Bewusstsein dringen. Er sah plötzlich alles ganz klar. „Und ich bin voller Dank für denjenigen, der diese Briefe geschrieben hat. Nun muss ich auf die Hilfe des Herrn hoffen, damit auch Gabby sich in mich verliebt. Bevor sie beschließt, die Stadt zu verlassen."

Big John schlug ihm auf die Schulter. „Ich werde für Sie beten. Nach allem, was geschehen ist, wird sie bestimmt nicht einfach gehen."

Wenig später verabschiedete er sich von Big John und setzte seinen Weg zum Mietstall fort, wo er das Pferd und die Kutsche zurückgab. Er betete den ganzen Weg über, dass Gabby bleiben würde.

Sicher war der Umstand, dass sie seinen Kuss erwidert hatte, ein Zeichen dafür, dass auch sie sich zu ihm hingezogen fühlte.

Dann war da noch das andere Problem: Sie schien nicht zu glauben, dass sie sich als Frau eines Pfarrers eignete. Und das war womöglich das größte Hindernis, das zwischen ihnen stand.

KAPITEL ZEHN

Die folgenden Tage gehörten zu den besten, die Gabby je erlebt hatte. Es ging ihr von Tag zu Tag besser. Sie hatte Mrs. Mulberry nichts vormachen können; in dem Moment, in dem sie das Haus betreten hatte, da hatte diese gewusst, dass etwas Wunderbares geschehen war. Sie war romantisch veranlagt, genauso wie Essie Jane. Die beiden älteren Damen verbrachten äußerst fröhliche Stunden miteinander und als sie sie drei Tage nach dem Ausflug im Nebenzimmer kichern hörte, da beschlich Gabby der Gedanke, dass die beiden womöglich gerade fröhlich ihre Hochzeit planten. Das war etwas beunruhigend.

Trotz all dem Glück, das sie in den letzten Tagen empfunden hatte – und obwohl sie das abendliche Zusammensein mit Jarred auf der Schaukel genoss – fürchtete sie nach wie vor, als Pfarrersfrau nicht geeignet zu sein. Sie wurde das Gefühl einfach nicht los.

Sie erzählte den beiden älteren Damen davon. Natürlich versuchten sie sie beide davon zu überzeugen, dass diese Annahme völlig unbegründet sei. Doch Gabby hielt ihre Bedenken für berechtigt und konnte sie nicht einfach vergessen. Niemand, nicht einmal Lucy verstand sie in diesem Punkt. Auch Lucy war völlig begeistert von den Ereignissen und hatte ihre Aufregung nicht verborgen, als sie gestern zu Besuch gekommen war. Es war nicht zu bestreiten, dass sich Lucy bis über beide Ohren in den Sheriff verliebt hatte, auch wenn er nicht der Mann gewesen war, mit dem sie geschrieben hatte und den zu heiraten sie in die Stadt gekommen war. Trotzdem konnte sie Gabby nicht davon überzeugen, dass auch sie so glücklich sein könnte. Dafür dachte diese viel zu häufig an ihre mangelnde Eignung als Ehefrau des Pfarrers.

Sie steckte in Schwierigkeiten, denn sie wusste, dass sie sich unsterblich in Jarred verliebt hatte. Der Arzt kam vorbei, um nach ihr zu sehen und teilte ihr mit, dass sie sich auf dem Weg der Besserung befand und ab nun alles tun könne, was sie wolle. Das waren großartige Neuigkeiten, denn sie wollte sich unbedingt auf die Suche nach einem Job machen.

Sie und Mrs. Mulberry hatten gerade das Haus verlassen um in die Stadt zu gehen, als Jarred auf einem Pferd sitzend neben ihnen hielt.

„Guten Morgen." Er lächelte zu ihnen herunter. „Ich wollte nur eben vorbeischauen und Bescheid sagen, dass ich zur Cross Familie reiten werde. Mr. Cross hat Probleme mit dem Rücken und kann deswegen sein Feld nicht pflügen und Mrs. Cross ist auch nicht bester Verfassung, daher haben sie es im Moment recht schwer. Ich werde sie ein paar Tage unterstützen und wollte Ihnen mitteilen, dass ich heute Abend und wahrscheinlich auch am morgigen nicht vorbeischauen werde."

„Es ist großartig, dass Sie ihnen helfen“, sagte Mrs. Mulberry. „Sollen wir Ihnen heute Abend etwas zum Essen vorbeibringen?“

Gabby nickte erfreut darüber, dass auch sie unter Umständen helfen konnte. „Ja, das könnten wir sicher tun.“ Kein Wunder, dass der Mann so muskulös war – er mochte zwar Pfarrer sein, leistete aber harte körperliche Arbeit.

„Es wäre ein großer Segen, wenn ihr das tun könntet.“ Er lächelte und seine Augen erwärmten sich, als er sie ansah.

Gabby befürchtete, jeden Moment unter seinen Blicken zu schmelzen. „Dann machen wir das“, sagte sie.

„Ja, das werden wir“, stimmte Mrs. Mulberry von ganzem Herzen zu.

Er tippte sich grüßend an den Hut. „Dann sehen wir uns dort.“

Sie blickten ihm nach, als er davonritt und er Gabbys Herz mit sich nahm.

„Es ist kein Wunder, dass der Mann solche Muskeln hat. So etwas tut er die ganze Zeit. Er spricht nicht nur davon, Menschen zu helfen – er tut es auch. Springt für die Leute ein, die ihn brauchen."

Gabby bemerkte, dass sie das an ihm liebte. Sie liebte seine Freundlichkeit und Hilfsbereitschaft, dass er ein Mann war, der nicht nur voller Worte war, sondern die Größe des Herrn auch mit seinen Taten bezeugte. Er war wirklich ein Mann der Tat.

Ein jeder schätzte ihn sehr und das schien gute Gründe zu haben.

Obwohl sie einander erst seit einer Woche kannten, hatte sie sich in ihn verliebt. Das waren keine leeren Worte, sie liebte einfach alles an ihm. Und nachts, wenn sie sich zum Schlafen niedergelegt hatte, wurde sie von Erinnerungen an seinen Kuss am Einschlafen gehindert. Sie sehnte sich nach mehr.

Essie Jane kam herüber und nach dem Mittagessen begannen sie, gemeinsam zu kochen. Sie planten, gleich mehrere Mahlzeiten für die Cross Familie zuzubereiten. Gabby genoss es, gemeinsam mit den beiden Damen dafür zu sorgen, der Familie zu helfen.

„Ich liebe es, wofür Sie beide stehen.“ Gabby unterbrach die Herstellung von Maisbrot für einen Moment, um die zwei herzlichen Frauen anzulächeln, die ihr selbst durch eine schwere Zeit geholfen hatten. „Ihr beide habt mir geholfen und nun helft ihr anderen.“

„Genau wie Sie“, sagte Essie Jane. „Es ist einfach, anderen zu helfen. Wir freuen uns, dass Sie das ebenfalls tun. Und ich bin mir sicher, auch Ihr junger Mann freut sich darüber, dass Sie mithelfen.“

Ihr junger Mann. Gabby dachte an Jarred und der Gedanke, dass sie ihn als den ihren bezeichneten, war beunruhigend. Sie liebte ihn, aber das bedeutete nicht, dass sie sich gestatten würde, die Sache weiter voranzutreiben. Zu viele Dinge standen dem im Weg. Noch immer hatte sie keinen Brief an ihren Vater geschrieben, weil sie nicht wusste, was sie tun sollte. Dabei hatte sie in den letzten drei Tagen lange und gründlich darüber nachgedacht und versucht zu entscheiden, was sie tun sollte.

Mrs. Mulberry hatte ihr versichert, sie könne bei ihr bleiben, solange sie wolle. Sie sei herzlich willkommen. Das verschaffte ihr genug Zeit, um Pläne für die Zukunft zu schmieden. Eine Zukunft, die sie selbst gestalten würde.

„Wir möchten nicht, dass Sie gehen“, sagte Mrs. Mulberry.

Essie Jane lächelte. „Nein, das möchten wir nicht. Wir haben einen Plan.“

Gabby starrte sie an und verstand, dass diese beiden reizenden Damen unbedingt wollten, dass sie hierblieb.

„In Ordnung, ich werde bleiben. Ich habe mich entschieden, meinem Vater einen Brief zu schreiben. Er muss wissen, dass es mir gut geht. Er und Mutter sind sicher krank vor Sorge. Ich habe ihm nicht schreiben wollen, solange ich nicht wusste, was ich tun soll. Wenn ich eine Möglichkeit finde, für mich selbst zu sorgen, dann würde ich gern bleiben. Ich möchte zumindest versuchen, mir hier etwas aufzubauen. In dieser wunderschönen Gegend und mit meinen beiden neuen Freunden. Was haltet ihr davon?“

Anstelle einer Antwort kamen beide Frauen zu ihr herüber und schlangen ihre Arme um sie; gemeinsam ergaben sie ein unübersichtliches Knäuel aus Armen, Beinen und Köpfen.

Einen Moment später trat Mrs. Mulberry einen Schritt zurück. „Ziehen Sie in Betracht, sich mit dem Pfarrer einzulassen?“

Gabby spürte, wie sie errötete. „Mein Herz drängt mich dazu. Aber ich bin mir immer noch unsicher darüber, ob ich mich als Pfarrersfrau eigne.“ Sie lächelte. „Ich werde sehen, wohin mich das führt. Wenn er dasselbe fühlt, könnte es vielleicht funktionieren. Aber er ist so unglaublich. Er sollte eine ebenso erstaunliche Frau heiraten.“

Mrs. Mulberry runzelte die Stirn. „Aus welchem Grund denken Sie denn, dass Sie nicht erstaunlich sind? Sie haben uns auf der Stelle Ihre Hilfe bei der Zubereitung dieser Mahlzeiten angeboten.“

Nichts was sie sagte, trug dazu bei, Gabbys Sorgen zu vertreiben. Niemals zuvor in ihrem Leben hatte man von ihr verlangt, anderen zu helfen. Das war einfach etwas, das ihre Eltern nicht für wichtig empfunden hatten. Sie gehörten zwar zum ärmeren Teil der wohlhabenden Gesellschaft, doch ihre Mutter war immer sehr stolz darauf gewesen, wer sie waren. Das hatte zu einem nicht unerheblichen Teil dazu beigetragen, dass Gabby sich entschieden hatte, erst den Zug und dann die Postkutsche zu besteigen und ihren eigenen Weg zu gehen. Tief in ihrem Inneren hatte sie gespürt, dass sie ein anderes Leben führen wollte. Ein Leben, das mehr Sinn bot. Aber würde sie es schaffen? Sie musste es alleine hinbekommen… um herauszufinden, wer sie wirklich war.

Essie Jane klatschte in die Hände. „Oh mein Gott, das ist so aufregend. Es gibt eine neue Romanze. Ich kann es kaum abwarten, dass Sie am Sonntag mit uns in die Kirche kommen. Es wird Ihnen gefallen. Pfarrer Andrews ist ein wunderbarer Redner, Lehrer und ein Segen für unsere Gemeinschaft. Ich kann es nicht anders sagen, ich will nur das Beste für ihn. Und ich glaube, dass sind Sie.“

Mrs. Mulberry nickte aufgeregt. „Ich stimme zu, ich stimme aus ganzem Herzen zu. Und jetzt haben Essie Jane und ich einen Vorschlag für Sie.“

Die beiden Damen tauschten Blicke aus und strahlten Gabby dann an. Ihre Nerven zersprangen beinahe vor Neugierde, weil sie nicht wusste, was die beiden sich ausgedacht hatten.

„In letzter Zeit ist uns aufgefallen, dass unser Leben ziemlich langweilig ist. Und wir wissen, dass Sie auf der Suche nach einem Job sind. Daher haben wir uns gedacht, dass es vielleicht noch andere Möglichkeiten gibt, mit unseren Backkünsten ein Segen zu sein. Wir haben uns gefragt, ob Sie vielleicht eine Bäckerei mit uns eröffnen möchten. Glauben Sie, dass die Leute für meine Scones und die anderen süßen Leckereien, die wir so gerne backen, Geld bezahlen würden?“

Essie Jane sah aus, als würde sie den Atem anhalten. Dann sprudelte es aus ihr heraus. „Wir haben so viel Freude dabei, zusammen zu backen. Und für Sie würde es ein Einkommen bedeuten. Und auch wir hätten so die Möglichkeit, uns etwas dazuzuverdienen.“

Gabby traten Tränen in die Augen. Die beiden waren unglaublich. „Was für eine wunderbare Idee. Die Leute werden sich um eure Backwaren reißen. Wahrscheinlich werden sie von überall herkommen, um sie zu kaufen.“

Mrs. Mulberry strahlte. „Nun, soweit würde ich jetzt nicht gehen.“ Sie kicherte.

„Das könnte passieren“, sagte Gabby. „Sie haben doch selbst gesagt, dass es hier kaum Frauen gibt. Und die Männer lieben frisch Gebackenes. Ich bin zwar keine allzu begabte Bäckerin, aber ich kann Ihnen bei vielem helfen. Ich werde mit Freude alles lernen, was Sie mir zeigen. Aber sind Sie sich da wirklich sicher?“

Die beiden Damen runzelten zeitgleich die Stirn. „Natürlich sind wir uns sicher“, sagte Essie Jane.

„Wir sind so aufgeregt“, fügte Mrs. Mulberry hinzu. „Allein schon der Gedanke daran, ein eigenes Geschäft zu führen – ich kann gar nicht in Worte fassen, wie sehr mich diese Idee begeistert.“

Auch Gabby fiel es schwer, ihre Freude im Zaum zu halten. „Das Ganze wird ein wunderbares Abenteuer.“

Erschöpft ritt Jarred am folgenden Nachmittag auf seinem Pferd zurück in die Stadt. Die Frauen waren am vorherigen Tag auf den Hof gekommen und hatten der Cross Familie genug Essen vorbeigebracht, dass diese für die kommende Woche genug zu essen hatte. Voller Stolz hatte er mitangesehen, wie mitfühlend Gabby mit dem älteren Ehepaar umgegangen war und frischen Wind in ihr Haus gebracht hatte. Irgendetwas schien sie und die beiden älteren Damen in ausgelassene Stimmung versetzt zu haben. Die drei waren noch vor Einbruch der Dunkelheit heimgekehrt und er hatte sich in der Scheune schlafen gelegt und von Gabby geträumt. Heute hatte er den Rest des Feldes gepflügt und Gabby schmerzhafter vermisst, als er jemals zuvor jemanden vermisst hatte.

Die Gedanken an sie hatten seinen Tag erhellt.

Und er hatte es geschafft, nach Hause zurückzukehren, noch bevor es dunkel wurde. Vielleicht würde sie auf Mrs. Mulberrys Schaukel sitzen und auf ihn warten.

Er hoffte es. Er wollte sie ganz und gar. Er wollte, dass sie seine Frau wurde; wollte sie so, wie ein Ehemann seine Ehefrau wollte und wie eine lebenslange Freundin. Jarred wollte Gabby;

gleichzeitig wollte er für sie alles sein, was sie sich von einem Ehemann erhoffte.

Er betete darum, dass sie erkennen würde, dass sie alles mitbrachte, was er sich von einer Frau erhoffte. Liebe war die Grundzutat und die hatte er im Überfluss.

Gott hatte sie hierhergebracht; er betete darum, dass er Erfolg hätte. Er ging den Pfad hinauf. Sein Herz donnerte, als sie aufstand, um ihn zu begrüßen.

„Ich bin so froh, dass du es geschafft hast.“ Sie kam auf ihn zu und schmiegte sich in seine Arme. „Ich nehme an, du bist mit dem Pflügen fertig geworden.“

„Das bin ich. Und nun bin überglücklich, dich endlich in den Armen zu halten.“ Sein Herz schwoll vor Liebe an, als er seine Arme enger um sie legte und sie auf den Kopf küsste. „Daran könnte ich mich gewöhnen, weißt du.“

Sie sah zu ihm auf. „Ich mich auch.“

Ihre Worte durchfluteten ihn wie warmer Sonnenschein. „Gabby, ich muss dir sagen, was ich für dich empfinde. Gott hat ein Wunder vollbracht, in dem er dich auf diese Weise in mein Leben gebracht hat.“

„Das denke ich auch.“

„Möchtest du mit auf einen Ausflug kommen?“

„Liebend gern.“

Die Sonne versank schon am Horizont, als sie nach kurzer Fahrt ein wunderschönes Stück Land erreichten, das nicht zu weit von der Stadt entfernt lag und das über und über mit blauen Wiesenlupinen bewachsen war. Im Dämmerlicht des schwindenden Abends sah dieser Ort romantischer aus als alles, was er jemals zuvor gesehen hatte. Er hoffte, dass es Gabby gefiel. Er brachte die Kutsche zum Stehen und befestigte die Zügel.

„Oh Jarred, was für ein wunderschöner Ort.“

„Das finde ich auch. Ich weiß, es dämmert bereits und wir werden uns beeilen müssen, um zurück in die Stadt zu kommen, aber ich wollte ihn dir so gern zeigen.“ Er sprang von der Kutsche herunter, eilte dann zu ihr und reichte ihr seine Hand. Sie lächelte ihn an und das Herz donnerte ihm in der Brust, als sie seine Hand ergriff.

„Du scheinst aufgeregt zu sein.“ Sie hielt seine Hand umfasst und stieg aus der Kutsche.

Sie waren einander so nahe, dass er seine gesamte Willenskraft aufbringen musste, sie nicht in seine Arme zu ziehen und ganz fest zu halten. „Das bin ich tatsächlich. Dieses Stück Land wurde mir vor ein paar Jahren von einem wohlhabenden Mitglied der Gemeinde kurz vor seinem Tod überschrieben. Er sagte mir, dass es für den Zeitpunkt wäre, wenn ich eine Familie gründen wolle. Das Pfarrhaus ist so klein. Er sagte, er wolle in den Himmel kommen und wissen, dass der Herr ihm positiv gesonnen sei, weil er sich dem Pfarrer gegenüber anständig verhalten habe."

„Wie rührend." Ihre Stimme zitterte.

Er nahm ihre Hände in seine. „Es war ein Segen, diesen Mann zu kennen und ich war überwältigt von seiner Großzügigkeit. Ich habe dieses Stück Land immer für den perfekten Ort gehalten, um hier eines Tages ein Haus zu bauen… wenn ich eine Frau hätte und an Kinder denken würde." Er fiel vor ihr auf die Knie. „Gabby, willst du mich heiraten? Ich liebe dich und ich möchte mir keinen einzigen Tag mehr vorstellen, an dem du nicht Teil meines Lebens bist. Ich bete darum, dass du mir die große Ehre erweist und meine Frau wirst."

Gabby traute ihren Ohren nicht. Und ihren Augen. Jarred kniete vor ihr und sah mit einem Blick zu ihr auf, der alles in ihr zum Schmelzen brachte. Alle Pläne, die sie geschmiedet hatte, alles, woran sie geglaubt hatte, war auf den Kopf gestellt worden, als sie sich auf den Weg in den Westen gemacht hatte. Nichts war so gekommen, wie sie es sich vorgestellt hatte. Sie hatte sich in den Mann vor ihr verliebt. Es war so schnell geschehen, dass ihr ganz schwindlig war.

„Jarred, ich bin überwältigt von deinen Worten. Und um ehrlich zu sein, möchte ich gern Ja sagen. Ich liebe dich, das tue ich wirklich, aber…" Sie hatte die letzten Worte kaum ausgesprochen, da kam er wieder auf die Beine, zog sie in seine Arme und bedeckte ihre Lippen mit seinen.

Augenblicke vergingen, doch sie konnte sich später nicht an sie erinnern, denn alles, woran sie denken konnte, war das göttliche Gefühl seiner Lippen auf ihren und seinen starken Körper, der sich gegen sie drückte. Sie dachte noch kurz, dass es durchaus möglich wäre, dass sie vor lauter Freude und Leidenschaft in Ohnmacht fiel.

Als er sich zurückzog und sie mit blitzenden Auen ansah, da fühlte sie sich, als würde sie verbrennen. Ihr Puls pochte an ihrer Schläfe und sie glaubte, dass er ihn hören müsse.

Als sie schließlich den Kuss unterbrachen, zwang sie sich, die Worte auszusprechen. „Aber Jarred, ich habe immer noch Angst, dass ich nicht das mitbringe, was es braucht, um deine Frau zu sein."

„Du wirst eine ausgezeichnete Pfarrersfrau abgeben. Aber was noch viel wichtiger ist: du wirst eine wundervolle Ehefrau sein. Du bist gutherzig und freundlich und du liebst den Herrn. Das sind die Eigenschaften, die mir wichtig sind. Wenn du mich also liebst und dir vorstellen kannst, die Frau eines Pfarrers zu werden, dann steht uns nichts im Wege. Ich will dich mit meinem ganzen Herzen."

Sie konnte nicht Nein sagen. Konnte ihrem Herzen nicht versagen, was es so sehr wollte. „Ja, dann werde ich dich heiraten. Und es äußerst gern tun. Aber ich habe vor, mit Mrs. Mulberry und Essie Jane eine Bäckerei zu eröffnen. Das möchte ich trotzdem tun."

Er schmiegte sich gegen ihren Nacken, sodass sie ein Freudenschauer durchlief.

„Du hast meinen Segen. Vorausgesetzt, ich bekomme den ersten Platz in deinem Herzen und immer Scones, wenn du welche bäckst."

Sie lachte und umarmte ihn fest. „Ja zu allem. Ich liebe dich, Jarred Andrews und kann es kaum erwarten, Mrs. Andrews zu werden."

KAPITEL EPILOG

Sie wurden am nächsten Tag von Sheriff Jones vermählt, nachdem Jarred eine äußerst mitreißende Predigt vor der gesamten Gemeinde gehalten hatte. Gabbys Befürchtungen, nicht willkommen zu sein, hatten sich als unbegründet erwiesen. Ihr Leben hatte sich von Grund auf geändert und nun wurde sie mit offenen Armen in der Stadt und der Gemeinde begrüßt.

Lucy, Ambrosia und Essie Jane hatten zusammen ein Hochzeitsmahl und einen im Anschluss stattfindenden Empfang vorbereitet. In dieser Nacht vereinten sie und Jarred ihre Herzen auf die schönste mögliche Weise miteinander. Gabby dankte Gott dafür, dass er hinter den Kulissen dafür gesorgt hatte, sie auf solch ungewöhnlichem Weg zusammenzuführen. Zunächst war sie eine Braut gewesen, die davongelaufen war, dann eine Versandbraut und nun die Ehefrau eines Pfarrers… es grenzte an ein Wunder.

Und als wäre das nicht schon Segen genug, wurde die Bäckerei ein durchschlagender Erfolg. Cowboys, Bauern und Familien waren in Scharen gekommen, um die heutige Eröffnung zu feiern. Zwei Wochen waren seit der Hochzeit vergangen und gemäß ihrem Versprechen hatte sie ein Dutzend Kirschscones in eine Schachtel gepackt und Jarred mit einem Kuss übergeben. Liebe war der süßeste Genuss von allen.

Jarred war ein glücklicher Mann, als er mit seiner Schachtel voller Scones die Bäckerei verließ. Doch es war der Kuss, den seine Frau ihm soeben gegeben hatte, der ihn gedankenversunken lächeln ließ, als er auf Big John traf.

„Nun, Pfarrer, das ist aber ein breites Lächeln auf Ihrem Gesicht. Sie sehen so glücklich aus wie ein Eichhörnchen in einem Fass voller Eicheln.“

Jarred lachte. „Das beschreibt meine Gefühlslage recht gut. Ich kann Ihnen sagen, Big John, ich bin weit über meine Vorstellungskraft hinaus gesegnet worden und weiß gar nicht, wem ich dafür danken soll – außer dem Herrn natürlich.“

„Oh wirklich, wie meinen Sie das?“

„Ich meine den Kuppler. Ich habe immer noch keine Ahnung, wer Gabby hierhergebracht hat, oder vielmehr, wer versucht hat, die andere junge Dame hierher zu bringen. Doch dann hat Gott eingegriffen und Gabby zu mir gesandt. Wenn ich wüsste, wer es war, dann würde ich ihm von ganzem Herzen danken.“

Big John verschränkte die Arme vor der breiten Brust und rieb sich mit den Fingern über das Kinn. „Ich denke, wer immer es gewesen sein mag, hat sicher die ganze Situation im Auge behalten. Sicher sieht er die ungeheure Dankbarkeit in Ihrem Lächeln. Sie strahlt heller als die Sonne, daher bin ich mir sicher, dass nicht nur ich sie bemerkt habe."

Jarred nickte. „Sicher haben Sie recht. Ich habe weder versucht, mein Glück zu verbergen, noch die Tatsache, dass ein Kuppler mich und Gabby zusammengebracht hat… unterstützt durch die helfende Hand Gottes. Ich werde mehrere Predigten auf diesen Gedanken aufbauen und darauf, dass Gott wirklich manchmal auf geheimnisvolle Weise wirkt."

„Das klingt nach einer großartigen Idee."

„Wenn ich mich umsehe, entdecke ich überall Männer, die wie ich von einer Verkupplung profitieren könnten. Schauen Sie sich beispielsweise Sam McKay dort drüben an. Er lebt an der Grenze des Bezirks und jedes Mal, wenn ich ihn sehe, beschleicht mich der Gedanke, dass er eine Frau braucht."

Sam überquerte gerade die Straße und ging mit langen Schritten und gerunzelter Stirn auf die Bäckerei zu. Das Gesicht dieses Mannes war stets ernst, so als wäre dies sein neutraler Gesichtsausdruck.

„Dasselbe habe ich auch schon gedacht. Erst gestern, als ich zur Bäckerei ging um Ambrosia eine von Millies Schüsseln für den Laden zu bringen, sagte sie dasselbe zu mir. Sie meinte, er sei einer der Burschen, für die sie häufig Scones mache, so wie sie das immer für Sie und mich getan hat. Und das sie sich gefragt habe, wer der Kuppler sei und das sie sich wünschen würde, er würde auch jemanden für Sam in diese Stadt bringen."

„Wenn das mal nicht interessant ist", sagte Jarred, als Sam sich in die Schlange der Männer einreihte, die darauf warteten, in die Bäckerei zu kommen.

„Das habe ich auch gedacht. Und dann habe ich gedacht, wenn sie das denkt und Sie und ich – vielleicht hat ihn dann ja auch der Kuppler im Visier. Wir werden einfach abwarten und sehen, was geschieht."

Jarred lachte. „Ich denke, Sie haben recht. Wenn ich so darüber nachdenke, schauen Sie sich diese Reihe von Männern an, die alle gekommen sind, um etwas Süßes zu ergattern… dabei brauchen sie vor Allem etwas Süßes wie das, was mir der Herr gesandt hat. Ich werde dafür beten, dass auch sie solchen Segen erfahren wie ich."

Big John grinste. „Wer auch immer der Kuppler

ist, ich denke, er wüsste das zu schätzen, Pfarrer.“

„Geben Sie auf sich Acht, Big John. Ich werde nun nach Hause gehen und mir einen Scone und eine Tasse Kaffee genehmigen, bevor ich anfange, meine Predigt vorzubereiten.“ Mit diesen Worten trat Jarred vom Bürgersteig herunter und ging auf das Pfarrhaus zu. Seine Schritte waren beschwingt und sein Herz tanzte vor Glück. Er würde für die Männer beten und seine Kenntnisse der Eheversprechen auffrischen, denn etwas sagte ihm, dass er diese bald häufiger würde rezitieren müssen… er musste nur abwarten, welcher der Junggesellen als Nächstes an der Reihe war.

Big John lächelte über das ganze Gesicht, als er über die Straße zu seinem Futtermittelladen ging. Nachdem er das Gebäude betreten hatte, zog er einen gefalteten Brief aus der Tasche und lächelte. Einer der einsamen Cowboys, in dessen Namen er heimlich einen Brief geschrieben hatte, hatte eine Antwort erhalten… und er konnte es kaum abwarten herauszufinden, welcher als Nächstes eine Versandbraut bekommen würde. Ja, seine Millie – Gott hab sie selig – hätte ihre Freude an dem ganzen Spektakel gehabt. Er stellte sich vor, wie sie dort oben dem Herrn helfend zur Hand ging.

„Ja, Millie, meine Liebe, zwei perfekte Verbindungen und es werden noch viele weitere folgen.“

Ich hoffe, Ihnen hat EINE VERSANDBRAUT FÜR DEN PFARRER gefallen. Wenn ja, dann hinterlassen Sie gern eine Rezension bei Amazon.

Bald erscheint Elizabeth Chasens drittes Buch in dieser Serie, EINE VERSANDBRAUT FÜR DEN VIEHZÜCHTER, in der es um die Versandbräute für Sweet, Texas geht. Sie werden diese unverdorbene romantische Western Serie um die Versandbräute lieben.

Die Bücher der Reihe: Versandbräute für Sweet, Texas

Eine Versandbraut für den Sheriff, Buch 1

Eine Versandbraut für den Pfarrer, Buch 2

Eine Versandbraut für den Viehzüchter, Buch 3

Über die Autorin

Elizabeth Chasen liebt es, „hoffnungsvolle“ romantische Geschichten zu schreiben, die inspirieren und unterhalten. Ihre Bücher sind unverdorbene christliche Romanzen. Voller Freude erweckt sie amüsante Charaktere zum Leben und sorgt bei jedem ihrer Paare für ein Happy End!

Fasziniert von der historischen Romantik der Versandbräute, schreibt sie eigene Geschichten, um diese ihren Lesern näher zu bringen. Die Versandbräute von Sweet, Texas, ist nur die erste von vielen Serien, die noch erscheinen werden. Genießen Sie sie und tragen Sie sich gern in den Verteiler ein, damit Sie es sofort erfahren, wenn der nächste aufregende historische Westernroman veröffentlicht wird. Gehen Sie dafür einfach auf: www.elizabethchasen.blogspot.com.

Viel Spaß beim Lesen!

www.ingramcontent.com/pod-product-compliance
Lightning Source LLC
Chambersburg PA
CBHW070500170726
48291CB00008B/2592

* 9 7 8 1 9 4 9 4 9 2 8 2 8 *